BIBLIOTHÈQUE HISPANO-AMÉRICAINE

RETOUR À ITHAQUE

Leonardo PADURA
Laurent CANTET

RETOUR À ITHAQUE

Traduit de l'espagnol (Cuba)
par René Solis

Éditions Métailié
20, rue des Grands Augustins, 75006 Paris
www.editions-metailie.com
2020

ISBN : 979-10-226-1027-8
ISSN : 0291-0154

SÉQUENCE 1

Tourner à Ithaque

Laurent Cantet

Pourquoi aller tourner à Cuba ? C'était souvent la première question que me posaient les journalistes lors de la sortie du film *Retour à Ithaque* en France. Pas inintéressante, d'ailleurs, cette question qu'avouons-le, je me suis souvent posée à moi-même. Tout comme je me l'étais posée alors que je prenais la décision de faire un film à Haïti (*Vers le sud*), puis au Canada (*Foxfire : confessions d'un gang de filles*). Pas inutile en effet de se demander ce que je suis si souvent allé chercher ailleurs. Exotisme ? Envie de fuite, désir de prendre du recul, d'échapper à ma réalité ?... À vrai dire, je n'ai pas de réponses précises à ces questions. Je sais juste le plaisir que ces expériences cinématographiques m'ont procuré. Comme si faire un film dans un pays étranger était le meilleur moyen de m'immerger dans ce monde que j'ai envie de décrire, d'aiguiser ma curiosité pour l'observer avec ce petit décalage qui affûte le regard et oblige à ne rien accepter comme une évidence. Pourtant, au-delà de cette expérience de l'altérité, aller voir ailleurs, c'est surtout rechercher un dénominateur commun et se centrer sur ce qui est assez universel pour nous réunir, quelles que soient nos origines, quelles que soient nos vies.

Mais avant tout, travailler dans un environnement qui ne m'est pas familier, c'est me mettre dans l'absolue nécessité de dépasser ma timidité et ma réserve pour aller vers les autres, afin de chercher des clés, afin de comprendre avant de raconter. Et si, finalement, faire un film était devenu pour moi la dernière façon de voyager vraiment ?

Je suis un peu jeune pour m'être enflammé pour la révolution cubaine. En Francc, cllc avait déjà du plomb dans l'aile quand je suis arrivé à l'âge de l'engagement. Mais dans la fin des années 70 subsistait malgré tout une certaine mythologie révolutionnaire, une imagerie à laquelle j'ai sans doute été inconsciemment sensible comme beaucoup de gens de ma génération. Une imagerie dans laquelle j'ai été instantanément replongé en découvrant Cuba. Je me souviens encore très précisément de ma première arrivée à La Havane, par cette route de l'aéroport dont les fresques épiques rappellent à qui veut encore les voir les grands moments de la révolution, les silhouettes magnifiées de ses héros et ses slogans édifiants. Toute une imagerie qu'il est évidemment indispensable de dépasser pour appréhender la réalité d'un pays dont la densité historique et politique est telle qu'elle peut souvent sembler écrasante. Pendant ces quinze dernières années, je suis revenu à de nombreuses reprises à La Havane, et j'ai l'impression d'y avoir suivi un long parcours initiatique, avec ses détours, ses culs-de-sac et ses méprises...

Ce chemin, je ne l'ai pas parcouru seul. J'y ai été accompagné par Leonardo lui-même. J'y ai été guidé par ses livres, que j'avais tous lus bien avant d'avoir la chance de le rencontrer personnellement. Grâce à eux, bien avant d'y mettre les pieds, je m'étais promené dans sa Havane, dans les méandres de ses histoires les plus secrètes. Ses personnages m'étaient devenus familiers, les décors qu'il décrivait, se superposant à ceux que j'explorais réellement en arpentant les rues, me procuraient le sentiment d'une étrange et immédiate familiarité avec la ville. Et bien sûr, ses analyses m'aidaient à décrypter la complexité de l'histoire cubaine.

De là à avoir envie de faire un film et de s'y sentir autorisé, il y avait un grand pas à franchir et ce sont les circonstances qui m'y ont aidé. Tout cela, Leonardo le raconte précisément dans les pages qui suivent, je ne vais donc pas m'étendre. Une chose est sûre, pourtant : sans cette rencontre avec lui, sans ce désir partagé de travailler ensemble, et sans ce respect mutuel qui s'est rapidement imposé entre nous, je n'aurais certainement pas franchi le pas.

Parce que évidemment s'est vite posée la question de ma légitimité à raconter une histoire cubaine, une histoire que je n'avais pas vécue de l'intérieur. D'où sans doute mon envie de structurer le récit autour de l'exil et du retour d'Amadeo, dont le regard plus extérieur pouvait un peu s'apparenter au mien. Par ailleurs, le film que j'imaginais, bien qu'inscrit précisément dans le contexte cubain, devait être un film sur l'amitié. Une amitié mise à mal par la vie, mais qui, au bout du compte, reste la seule force capable de résister à l'engloutissement des êtres. Une histoire assez universelle pour que je puisse la partager et me sentir le droit de la raconter. Tout comme je pouvais partager le sentiment de désillusion face à des idéaux de jeunesse qu'incarne si bien cette génération perdue, souvent au centre des livres de Leonardo. Une génération qui, née avec la révolution et formée par elle, a longtemps rêvé d'incarner cet "homme nouveau" tant vanté par les slogans, et qui, fatiguée et déçue, ne parvient plus aujourd'hui à croire.

J'ai souvent passé des soirées à siroter du rhum en écoutant mes amis cubains me raconter leur vie. Des soirées où l'on évoque pêle-mêle des souvenirs joyeux d'une jeunesse militante et exaltée, l'aigreur face aux renoncements et aux trahisons, et l'espoir de lendemains plus doux. Des discussions toujours passionnées qui pourraient paraître bien amères sans ce sens de l'humour et cette énergie de vie que les Cubains ont su développer pour résister. Le film que j'imaginais devait ressembler à ces réunions. Il fallait que l'on s'y sente invité.

Entre Leonardo et moi, les rôles étaient clairement définis. Nous avons étroitement collaboré à la construction de l'histoire, à l'élaboration des profils des différents protagonistes. Mon intimité avec les personnages de ses livres tout autant qu'avec ses idées récurrentes m'a permis, tout au long de l'écriture, de dialoguer efficacement avec lui. Je veux d'ailleurs le remercier ici pour la générosité dont il a su faire preuve en acceptant de convoquer de manière plus ou moins littérale des personnages de ses différents romans. Pas seulement ceux du *Palmier et l'Étoile* qui est cité au générique, mais aussi ceux de ses romans policiers (le Conde, le Flaco, Josefina...).

Une fois élaborée la structure narrative, une fois posés les différents enjeux dramatiques, Leonardo a rédigé les dialogues, avec l'immense talent qui est le sien à restituer le phrasé cubain, sa verve et son humour.

Par la suite, au cours des longues séances de lecture que nous avons faites avec les acteurs, chaque phrase de dialogue était discutée, chaque sentiment était disséqué, les uns et les autres y opposant qui un souvenir personnel, qui sa propre nostalgie, qui ses propres désillusions…

Puis vint le tournage.

De ces dix-sept nuits passées sur cette terrasse, le souvenir le plus fort, au-delà de la fatigue accumulée au fil des nuits blanches, c'est sans nul doute aux acteurs que je le dois, à leur engagement, à la ténacité dont ils ont fait preuve, à leur générosité, surtout. Plus puissant était l'effet de catharsis de cette "psychanalyse de groupe", plus éprouvante était pour eux cette plongée au cœur de leur passé, et plus forte était leur implication. Conformément à ma méthode de travail habituelle, j'avais l'intention de laisser une part d'improvisation importante aux acteurs, à qui j'avais demandé de s'approprier le texte, de l'incarner personnellement. Pourtant, même si de temps en temps, se laissant emporter par son émotion, l'un d'eux poussait la scène plus loin que nous ne l'avions envisagé, il est rapidement apparu que les phrases de Leonardo étaient si rythmées et précises, sonnaient si juste et si "cubain", que les acteurs n'éprouvaient que très rarement le désir de s'en éloigner. Ces dialogues, ils s'y reconnaissaient. Cette histoire, ils la revendiquaient. C'était leur histoire, et ils la revivaient devant moi, puis devant la caméra, avec une intensité et une émotion qui ont parfois laissé l'équipe technique en larmes derrière la caméra. Je suis persuadé que c'est en grande partie à eux que le film doit cette impression de réalité qui a pu faire penser à certains spectateurs qu'ils étaient face à un film documentaire.

Face à une telle densité dramatique et émotionnelle, je n'avais qu'à m'effacer. Il me fallait trouver une forme de simplicité dans la mise en scène qui permette de concentrer toute l'attention sur les histoires compliquées qui nous étaient racontées, sur la complexité des sentiments. D'où mon insistance à conserver la forme la plus théâtrale possible, qui ne laisse aucune échappatoire aux spectateurs. Il fallait rester très proche des visages, être attentif à la fatigue qui s'y inscrivait progressivement au fil des nuits de tournage, capter des regards, trouver les distances justes entre les uns et les autres. De vraies questions de mise en scène, donc.

À l'origine, j'étais bien évidemment préoccupé par les problèmes liés à la langue que je ne maîtrisais pas parfaitement, loin s'en faut. Au cours des mois qui ont précédé le tournage, j'ai suivi des cours intensifs d'espagnol, et, pour être sûr de parfaitement suivre les dialogues, je les ai appris par cœur, comme si je devais les jouer moi-même. Mais en réalité, plus que la langue, ce qu'il m'a fallu apprivoiser, ce sont les attitudes cubaines, le phrasé, cette truculence qui, bien que réaliste, me semblait souvent un peu emphatique. Alors, régulièrement, j'imposais aux acteurs plus de sobriété, et chaque fois, ils me mettaient en garde contre cette réserve qu'ils qualifiaient de française. Parfois aussi, ils me reprochaient ma pudeur excessive. J'ai pourtant l'impression qu'ils m'ont aidé à faire mon film le plus impudique, un film où l'on pleure, on crie, on se livre sans retenue. Un film où les sentiments les plus intimes sont exposés au grand jour sans filtre. Un film "cubain" en quelque sorte.

Pour clore cette aventure, il fallait que le film soit montré à un public cubain, ce qui a finalement été possible dans le cadre de la semaine du cinéma français de La Havane. Deux projections dans la salle de la cinémathèque comble. Chaque soir, il y avait là 1 200 spectateurs curieux et impatients de finalement découvrir le film qui, de manière très maladroite, avait été retiré in extremis de la programmation du Festival international de La Havane quelques mois plus tôt. Habituellement, je n'assiste pas à la projection de mes films. Cette fois, curieux d'entendre les réactions des spectateurs, je suis resté dans la salle. Dire que le public cubain est réactif est un euphémisme. Dès les premières images, les rires ont commencé, puis vinrent des applaudissements qui saluaient les dialogues les plus corrosifs, des commentaires amusés et des protestations véhémentes. Puis enfin, un profond silence lors de la confession d'Amadeo. Mais le plus troublant à constater était le petit temps d'avance que le public avait souvent sur le film, son habileté à décoder avant même qu'ils soient clairement exprimés les moindres non-dits ou sous-entendus. Jamais je n'oublierai le long débat qui s'improvisa à la sortie, sur le trottoir du cinéma. Chacun avait envie de parler, de me dire combien il s'était reconnu dans tel ou tel personnage, combien telle histoire était très exactement la sienne, ou celle de son frère, de son fils. C'est définitivement pour des moments comme celui-ci que l'on fait des films, et je veux remercier tous ceux qui m'ont permis de venir à bout de celui-ci.

Paris, décembre 2015

SÉQUENCE 2

Retour à Ithaque

Leonardo Padura et Laurent Cantet
(avec la collaboration de Lucía López Coll)

FICHE TECHNIQUE

Casting : Jorge Perugorría, Pedro Julio Díaz Ferrán, Isabel Santos, Fernando Hechavarría, Néstor Jiménez.
Réalisation : Laurent Cantet.
Scénario : Leonardo Padura et Laurent Cantet, avec la collaboration de Lucía López Coll, librement inspiré de certains épisodes du roman *Le Palmier et l'Étoile* (*La novela de mi vida*), de Leonardo Padura.
Directeur de la photographie : Diego Dussuel.
Producteurs : Didar Domehri, Gaël Nouaille, Laurent Baudens.
Production : Full House, label de Maneki Films et Borsalino Productions.
Coproduction : Orange Studio, Haut et Court, Funny Balloons, Panache Productions (Belgique) et La Compagnie Cinématographique (Belgique).

PERSONNAGES

Amadeo, Aldo, Tania, Rafael (Rafa) et Eduardo (Eddy). Ils ont la cinquantaine. Ils sont cubains, de La Havane, vieux amis. Amadeo est écrivain, il vit depuis seize ans en Espagne, où il est resté à l'occasion d'une tournée de la compagnie de théâtre dont il était le dramaturge ; Aldo est noir, ingénieur mécanicien de profession mais il n'a pas de boulot et, pour gagner sa vie, il fabrique des batteries de voiture dans un garage clandestin ; Tania, ophtalmologue ; Rafa, peintre, sans talent particulier ; Eddy n'a jamais exercé son métier de journaliste, il occupe un poste de direction dans une agence touristique d'État.

Pour faciliter la lecture, les indications propres à l'écriture scénaristique ont été supprimées. Le texte qui suit prend ainsi une tournure plus littéraire, mais le contenu et la forme du scénario original ont été respectés.

1

Le soir commence à tomber sur une terrasse dominant la ville. Un simple coup d'œil aux alentours nous révèle que nous sommes à La Havane. D'un côté, la mer s'étend au-delà du Malecón, qui serpente vers les forts coloniaux de la vieille ville, le long de l'avenue où circulent à toute vitesse des voitures de marques et d'âges variés. De l'autre côté, la ville, avec ses toits, ses antennes de télévision, ses pigeonniers délabrés et ses constructions précaires, mais aussi ses coupoles, clochers et autres tours typiques et chargés d'histoire. De toutes parts, du linge en train de sécher au soleil, des gens penchés aux balcons et, sur le muret du Malecón, des petits groupes de gens face à la mer, profitant des derniers rayons du soleil.

Sur le toit-terrasse d'un immeuble de hauteur moyenne se trouvent quatre personnes, trois hommes et une femme. Aldo, Amadeo, Rafa et Tania. L'espace s'étend entre un muret par-dessus lequel on voit la mer et la ville, et un mur avec une porte en bois, assez vétuste, qui donne accès à un escalier et aux étages inférieurs. Au centre de la terrasse se trouve une table basse avec deux ou trois choses à manger, une bouteille de rhum blanc, une glacière, une grande bouteille de soda et une autre d'eau. Autour de la table, plusieurs sièges : des chaises (toutes différentes), un canapé à moitié défoncé, un banc de jardin auquel il manque un pied, calé par un bloc de ciment. Dans un coin, il y a un lecteur de CD avec une pile de disques à côté. Dans un angle, un peu plus loin, une étagère avec une collection de cactus bien soignés. Et dans le coin le plus éloigné, des vieilles batteries de voiture.

Ambiance musicale sur la terrasse : *Eva María*, une vieille chanson des Formula V, groupe de rock espagnol des années 70. Au rythme de la musique, une scène mi-pathétique, mi-comique est en train de se dérouler : quatre quinquagénaires sont en train de danser autour de la table en imitant très sérieusement les musiciens du groupe (Tania et Aldo les guitaristes, Amadeo le batteur, et Rafa le chanteur au micro). Ils dansent à la mode de l'époque et ils chantent, par-dessus la voix enregistrée, la version cubaine détournée de la chanson *Eva María*...

Tous les quatre en chœur :

Juana María se fue, buscando el sol de la playa...
Pa-ra-pa-pá... Pa-ra-pa-pá.
Con su maleta de piel y su bikini de rayas...
Qué bonita está, meándose en el mar,
*Lavándose en la playa...**

La scène nous permet d'identifier les personnages. Aldo est noir, il porte un T-shirt délavé un peu trop grand pour lui et un vieux jean informe qui accentue son look négligé. Rafa est plus soucieux de son image, avec son look dans le vent : jean serré, chemise à col Mao et coupe de cheveux impeccable. Amadeo porte une chemise claire aux manches retroussées jusqu'aux coudes et un pantalon de couleur claire aussi. C'est un intello et ça se voit, c'en est presque un cliché. Tania, belle et coquette, porte une robe de couleurs vives au décolleté plongeant et des bijoux fantaisie.

Sans cesser de danser, Rafa porte la main à sa tempe, pour les encourager à se souvenir de la suite, et ils chantent :

... Pa-ra-pa-pá... Pa-ra-pa-pá...
Y de tanto sol que cogió...
*¡se le quemó la papaya!***

---

* "Juana María est partie chercher le soleil de la plage... / Pa-da-pa-pa... Pa-da-pa-pa. / Avec sa valise en cuir et son bikini rayé... / Comme elle est jolie, quand elle pisse dans la mer, / Quand elle se lave sur la plage..." (*NdT*)

** "... Pa-da-pa-pa... Pa-da-pa-pa... / Mais à force de se faire dorer... / C'est sa chatte qui a brûlé !" (*NdT*)

Ils ont chanté le dernier vers de toutes leurs forces. Ils rient, se tapent dans les mains et, encore excités par la scène, se dirigent vers la table où ils ont laissé les verres de rhum coca au milieu d'une pile de livres que, de toute évidence, ils viennent de déballer. Les restes de papier cadeau de toutes les couleurs sont éparpillés à même le sol.

Aldo regarde ses amis en souriant, s'approche du lecteur de CD et change de disque :

– Allez, ça suffit les conneries.

On entend à présent la voix de Joan Manuel Serrat, moins fort mais parfaitement audible. Ils écoutent la chanson *Aquellas pequeñas cosas*, avec une mine de recueillement presque religieux.

Rafa s'assied, visiblement l'exercice physique a réveillé son mal de dos. Il se met à feuilleter avec plaisir un grand livre d'art :

– Putain, Amadeo, tu t'es pas foutu de ma gueule. Merci pour le cadeau. Tu sais qu'ici personne ne connaît Tàpies ?

– Moi non plus, je connaissais pas trop... avoue Amadeo. Mais l'année dernière, je suis allé voir sa fondation à Barcelone et je vais te dire, j'en suis resté sur le cul. Tu sais ce qu'il raconte, le mec ? Qu'il peignait comme ça parce qu'il est myope, qu'il y voit pas bien...

Aldo, incrédule, se penche sur le livre.

– Tu déconnes. C'est vrai ?

Rafa le regarde d'un air moqueur.

– Putain, Aldo, qui peut croire un truc pareil...

Encore essoufflé, Amadeo fouille dans ses poches, en sort ses cigarettes Popular et son briquet, puis en allume une avant de poser le paquet sur la table. Aldo l'observe plutôt surpris et lui demande :

– T'avais pas arrêté de fumer ?

– Si, mon vieux... mais à peine arrivé, j'ai pas pu résister...

Amadeo hausse les épaules, comme pour se justifier, et tire sur sa cigarette tout en se servant une rasade de rhum, auquel il ajoute des glaçons.

Amadeo prend place sur le banc de jardin et allonge son bras sur le dossier. Les autres sont déjà assis. Ils se mettent à parler du passé. À l'évidence, tous ces personnages sont de vieux amis, unis par de fortes complicités et de longs moments passés ensemble.

– C'est la meilleure ! Quand je pense que c'est à cause de lui que j'ai commencé à fumer… dit Rafa en désignant Amadeo d'un signe de tête. Lui, il a fini par arrêter, mais moi, j'ai jamais pu me débarrasser de ce vice… je sais même plus depuis combien d'années je fume.

– Trente-cinq, lance Tania en souriant avant d'ajouter, mordante : – Je tiens les comptes… Tous les comptes…

– Et moi ça faisait neuf ans que j'avais arrêté de fumer ! se plaint Amadeo, sans dire le fond de sa pensée. Mais il tire une autre bouffée sur sa cigarette.

Rafa en allume une lui aussi et regarde attentivement ses amis : le front dégarni d'Amadeo, l'allure d'Aldo, le visage fatigué de Tania.

– Putain de Dieu, dit Rafa, on est vraiment devenus des vieux cons… Quand je repense aux fêtes qu'on organisait ici sur la terrasse…

Aldo lève son verre plein.

– Et quand il n'y avait plus de rhum, on continuait à l'eau.

– À l'eau du robinet, fait remarquer Tania en montrant les bouteilles d'eau minérale posées sur la table, avant de tourner les yeux vers Amadeo.

Amadeo ne relève pas et se penche en avant pour parler sur le ton de la confidence :

– Rafa, tu te souviens du jour où tu es parti nous chercher un joint… ?

Rafa fait un geste pour dire que tout ça, c'est vraiment très loin…

– J'ai traversé la moitié de la ville… et je suis rentré bredouille, dit Rafa. Il marque une pause. – On était tous frustrés… Sans compter la trouille que j'avais de me faire choper !

– C'est dingue, il a fallu que j'arrive en Espagne pour voir quelqu'un fumer pour la première fois, dit Amadeo, en mimant le geste de fumer de l'herbe.

– Et tu en as pris ? interroge Aldo.

Amadeo sourit en secouant la tête.

– Accro comme je suis, j'avais la trouille d'essayer et puis…

Rafa sourit :

– Eh bien tu vois, ici, on est sorti du sous-développement : les jeunes à côté de chez moi s'enfilent des cachets et ça plus l'alcool et le reggaeton, ça les fait décoller… – Et il demande malicieusement : – Au fait, qui avait eu l'idée d'aller chercher de l'herbe ?

Tous regardent Amadeo ironiquement. Il a l'air sincèrement surpris :

– Moi ?

Aldo intervient, en montrant Rafa mais en s'adressant à Amadeo :

– Et tu as aussi oublié qu'Ángela était furieuse quand ce taré t'a pris au mot et qu'il est parti en chercher ?

Amadeo se passe la main sur le front, la mémoire lui est revenue, et il sourit.

– Merde, c'est vrai, elle était dans tous ses états ! Dans le genre puritaine, elle se posait là…

Ému par cette évocation, Amadeo cesse de sourire. Tania le regarde et, avec une idée derrière la tête, lui lance :

– Au fait, c'est pas ce soir-là qu'Ángela et toi vous êtes sortis ensemble ?

Aldo intervient, catégorique :

– Mais non, c'est dans une fête, chez Margarita, celle qui avait un gros cul.

– Putain ! Le gros cul de Margarita, s'exclame Rafa. Je l'avais oubliée, celle-là… – Rafa se met à rire et montre Aldo du doigt. – Toi, ce cul, il te rendait dingue…

– Pas toi, peut-être ? Ni Eddy, ni lui… ? – Aldo se retourne vers Amadeo avant de poursuivre, souriant : – Au fait, mon vieux, ce soir-là, c'est pas parce que le gros cul de Margarita te calculait pas que tu t'es consolé avec Ángela... ?

Amadeo sourit tristement.

– Vous parlez sans savoir... Vous l'avez appris ce soir-là, mais ça faisait un moment qu'on...

– Quoi ? Tu déconnes, Amadeo ! s'exclame Aldo.

– Moi, ça m'étonne pas, ajoute Rafa qui ne sourit plus et pointe son doigt sur Amadeo. Il a jamais joué franco, celui-là...

Rafa se sert un verre de soda et boit une gorgée, comme s'il y avait eu de l'alcool dedans.

Tania, qui n'a encore rien dit, parle en les désignant l'un après l'autre. Elle commence par Amadeo :

– Lui, il ne jouait pas franco. Quant à lui, dit-elle en montrant Aldo, un sacré vicelard, il courait après l'autre gros cul alors qu'il sortait déjà avec Xiomara... Et toi, Rafael Rosique... t'étais un beau salaud...

Rafa proteste en souriant, tout en entrant dans son jeu.

– De quoi, de quoi... ?

– Eh oui, mon vieux, chaque fois qu'on dansait, tu cherchais toujours à me coller "ton machin", et tu en avais rien à foutre qu'on soit toi ou moi avec quelqu'un.

Rafa hausse les épaules :

– Hé, qu'est-ce que tu voulais que je fasse, chérie... Tu étais *toujours* avec quelqu'un... Pas la peine de jouer ta sainte nitouche aujourd'hui, moi aussi, si tu veux, je peux te faire la liste et...

Tania le regarde non sans une certaine coquetterie, pas mécontente de l'évocation de cette époque où elle accumulait visiblement les conquêtes. Elle fait un geste de la main, elle porte au poignet le bracelet de couleur qui montre qu'elle a été initiée à la *santería* :

– Vas-y, te gêne pas, déballe ton linge sale, allez, vas-y...

Rafa passe donc à la contre-attaque :

– Attends que je me souvienne... Román, Tato el Grande, Luisito, Otto avec sa moto...

– Ben dis donc, quelle mémoire ! Otto avec sa moto ! s'exclame Aldo.

Tania sourit :

– Elle était belle, cette moto, Rafa en crevait de jalousie…

– Jalousie mon cul ! Ce mec, il ressemblait à Dracula, avec ses deux canines pointues. – Rafa pose ses index de chaque côté de sa bouche pour mimer des dents de vampire.

– Heureusement que vous avez jamais couché ensemble, vous deux, rétorque Aldo ironiquement. Vous êtes comme chien et chat. Putain, pire que le conflit Israël-Palestine !

Tout le monde approuve en souriant, et Aldo en profite pour glisser à Tania, en aparté :

– Tania, tu n'oublies pas le rendez-vous pour ma mère ? Tu sais, maman y voit de moins en moins.

– J'ai déjà dit à Fela de venir me voir à l'hôpital quand elle veut… Je m'arrangerai pour la faire passer en premier, ils lui feront des tests avec le nouvel appareil…

– J'irai cette semaine sans faute, dit Aldo.

Amadeo se ressert du rhum avec des glaçons et se désintéresse de la conversation, comme s'il était perdu dans ses pensées. Il observe une terrasse, non loin, où une femme, avant que le soleil ne se couche complètement, commence à ramasser le linge qui sèche au-dessus de la rue. Ses trois enfants jouent autour d'elle.

– Mais…

Tania allait dire quelque chose à Aldo, mais elle hésite.

– Mais quoi… ?

Tania attend un peu avant de répondre.

– Heu, en fait… j'ai besoin d'une batterie pour une Fiat Panda.

– Une batterie ? Pour en faire quoi, ma belle ? lui demande Aldo, surpris.

– C'est pour mon chef de service, à l'hôpital, explique Tania toute souriante. Il en trouve nulle part et je lui ai dit que…

Aldo a un sourire malicieux, plein de sous-entendus :

– Ton chef de service ! Tu fais des progrès…

Tania, toujours aussi coquette, l'air un peu grave tout de même :

– Pauvre con. Je savais qu'il fallait rien te demander…

– Oui, oui, c'est ça, mais dis bien à ton chef que les plaques de plomb, il va falloir les lui payer, au pauvre con. Parce que moi, personne m'en fait cadeau… T'inquiète, je lui proposerai un bon prix…

Amadeo sort de ses réflexions et rejoint les autres en disant :

– Vous vous souvenez du jour où on est allés écouter Serrat au parc Lénine ?

Rafa l'interrompt :

– Rien que d'y penser, j'ai mal aux pieds. Il y a combien de kilomètres entre Mantilla et ce putain de parc du trou du cul du monde ?

Aldo éclate de rire, il ajoute à l'adresse de Rafa :

– J'ai bien cru que Xiomara allait te tuer ce jour-là. – Et il pointe son doigt sur Rafa : – C'est ta faute…

– Ma faute ? Merde alors, qu'est-ce que j'ai fait ?

Tania intervient d'un ton ferme, mais en souriant :

– Tu avais tellement picolé, Rafa, que tu savais même pas où on était.

Rafa secoue la tête, comme résigné.

– Tu étais tellement bourré que tous les bus nous ont filé sous le nez et on a dû rentrer à pied.

– Tu as trop d'imagination… se défend Rafa.

Amadeo intervient alors, avec une tristesse sensible dans sa voix :

– La pauvre Ángela avait les pieds couverts d'ampoules, on aurait dit une lépreuse.

– C'est vous qui vouliez aller écouter Serrat à tout prix, dit Rafa. Moi, je l'ai jamais trop aimé, ce mec, et puis…

– Mais qu'est-ce que tu racontes, mon pote ? lui rétorque Tania. Tout le monde aimait Serrat.

– Moi, à l'époque, j'aimais pas tant que ça, reconnaît Amadeo. Aujourd'hui, par contre… il me rappelle un tas de souvenirs… Mais ce jour-là, c'est à cause d'Eddy qu'on y est allés : il était dingue de Serrat.

– Eddy et Serrat ! s'écrie Aldo, amusé. Je crois qu'Eddy aimait plus la tignasse de Serrat que ses chansons… Il aurait donné n'importe quoi pour avoir les cheveux aussi longs que Serrat.

Tania intervient, légèrement agacée :

– Vous allez quand même pas continuer à parler de ce connard d'Eddy ? Quand il est là, il a besoin de personne pour parler de lui. Et quand il n'est pas là, c'est vous qui en parlez.

La remarque de Tania est sans effet sur les autres, qui continuent à se souvenir de l'absent, comme s'ils parlaient d'un mort :

– Les efforts qu'il devait faire pour pas que les profs se rendent compte qu'il avait les cheveux jusque-là… se souvient Rafa en se touchant la nuque.

– Tu te rappelles… ? renchérit Amadeo. Il se plaquait les cheveux avec du savon et pendant une demi-heure il s'emmerdait à les replier vers le haut. Chaque fois que je passais le chercher, on arrivait en retard au lycée.

Aldo a un sourire nostalgique.

– Il puait le chien mouillé…

Amadeo se met à renifler comme un animal et un sourire se dessine sur son visage :

– Fela est en train de préparer des haricots noirs. J'en mets ma main à couper… ah, cette odeur…

Mais Rafa continue à s'épancher, plein d'amertume :

– On peut dire qu'ils nous ont bien fait chier quand même. On pouvait pas avoir les cheveux longs, ni mettre des pantalons serrés, ni…

Tania l'interrompt catégoriquement :

– Parce que c'était du déviationnisme idéologique !

Amadeo lève son index, comme pour lancer un avertissement :

– Un signe d'immaturité politique.

Tout le monde rit. Aldo se lève et se dirige vers l'escalier qui mène à l'étage inférieur.

Rafa regarde Tania et Amadeo et leur demande :

– Et vous vous rappelez quand ils ont décrété qu'écouter les Beatles, c'était… – Il réfléchit, il hésite, il se souvient. – De la pénétration culturelle ! – Il mime l'obscénité qui va avec. – Quels enfoirés !

– Qu'est-ce qu'ils ont pu nous les briser, rumine Amadeo, plus sérieux.

Ce souvenir est visiblement douloureux pour Rafa :

– J'avais des notes excellentes dans toutes les matières et je n'ai jamais obtenu la moindre distinction. Pas une seule fois… Tout ça parce que j'aimais les Beatles.

Amadeo lui répond sur le ton de la plaisanterie, en haussant la voix :

– Mais tu peux pas nier que tu étais un pénétré culturel ! – Il mime à son tour. – Si t'avais aimé les Rolling Stones, je t'assure qu'ils t'auraient fait chier pareil… mais au moins ça aurait été pour de la vraie musique et…

– Arrête tes conneries, mec ! proteste Rafa, qui connaît le petit jeu par cœur. Tu vas vraiment me faire croire qu'*Abbey Road*, c'est pas le top du top, peut-être ?

– De la musique pour minets… conclut Amadeo.

– Vous allez encore vous étriper pour ça ? Vous n'êtes pas sérieux… lance Tania, amusée.

Amadeo en rajoute dans la passion juvénile, comme si cette dispute si souvent recommencée le rajeunissait.

– À mon humble avis et en toute franchise… rien n'est plus sérieux que la musique, ma belle.

Entre-temps, Aldo est allé chercher des photos, qu'il serre dans sa main.

Rafa reprend le fil de ses douloureux souvenirs :

– Et ces connards le savaient parfaitement. C'est pour ça qu'ils nous ont bourré le crâne avec les Formula V et *Eva María*, c'était une façon de nous baiser… et tiens, voilà pour toi : travail volontaire à gogo, tous aux champs, pour couper la canne, pour récolter le tabac, une paire de chaussures par an…

Rafa assène chaque terme de l'énumération, secoue la tête et finit par boire une gorgée de soda.

– Car l'Homme Nouveau puisait sa force dans l'Éducation… le Travail et le Fusil ! clame Amadeo, à qui Tania joint sa voix pour entonner en chœur la fin de ce vieux slogan.

Aldo intervient soudain :

– Ben moi, quand j'étais au lycée, j'adorais qu'on nous envoie aux champs. – Et il commence à montrer les photos qu'il a apportées. – Ici, par exemple… vous avez pas l'air si malheureux… On pouvait faire tout ce qu'on voulait, là-bas… C'était pas si terrible, loin de là.

Ils se jettent tous sur les photos d'eux à l'époque du travail volontaire et les commentent :

– Tu te fous de notre gueule, Aldo ? – Rafa semble ne pas décolérer. – Pas si terrible ? Je préfère même pas me souvenir de ces deux mois par an où on nous envoyait couper la canne…

– Et moi, je te répète qu'on s'amusait aussi vachement !

Tania tient dans sa main une photo d'Eddy perché sur un tracteur et demande aux autres :

– Comment est-ce qu'Eddy s'est retrouvé sur ce tracteur ? Racontez-moi, les gars, allez…

Aldo sourit :

– Rien, tu connais Eddy et son obsession de conduire tout ce qui bouge…

– Il a failli se tuer quand il a mis le cap sur le ravin… se souvient Amadeo.

– Celui qui a failli le tuer, c'est le paysan à qui il avait piqué le tracteur, quand il lui a couru après avec sa machette… réplique Rafa, qui a retrouvé le sourire.

– La tronche d'Eddy… s'amuse Aldo.

Tout le monde rigole, Tania applaudit même, ravie d'avoir l'occasion de se moquer de l'ami absent, quand soudain Rafa intervient :

– Aujourd'hui, ça a l'air drôle… Mais à l'époque, quand il fallait se lever à l'aube, frigorifiés, pour aller couper la canne… Moi, j'avais juste envie de crever. En plus, j'avais toujours la dalle !

Amadeo acquiesce et renchérit aussi sec :

– C'est vrai que c'était la merde, rien que d'en parler, je ressens la puanteur du champ de canne… Brrrr… ! – Il fait la grimace puis change de ton. – Comment il s'appelait déjà, le gars qui en pouvait tellement plus qu'il s'est donné un coup de machette dans la jambe pour se faire rapatrier à La Havane ?

– Perdomo… répond Aldo. Perdomo le Boiteux… À ce petit jeu, il s'est retrouvé avec un tendon sectionné et une jambe raide… Je l'ai croisé l'autre jour dans la rue, et il boite encore… Il bosse pour la compagnie d'électricité, il relève les compteurs.

– Le pauvre… Perdomo le Boiteux ! commente Rafa à voix basse.

Amadeo laisse tomber cette anecdote et reprend la conversation :

– Le pire, c'est que même nous, on trouvait ça normal…

Tania se crispe :

– Pas moi ! Jamais !

Amadeo la regarde, il fait non de la tête. Puis, lassé de l'attitude de Tania, il lâche, presque comme si de rien n'était :

– Dis donc, Tania, ça ne te fatigue pas de toujours tout dénigrer…

Tania, énervée, lui répond en le fixant droit dans les yeux :

– Et toi, rien ne te fait chier ? Vu la merde que tu as laissée derrière toi quand tu t'es barré en Espagne, j'imagine que t'as plus grand-chose à écouler…

– C'est bon, là, Tania, mets la sourdine, lui demande Amadeo.

Silence. Aldo en profite pour poser sur la table une photo du groupe trente ans en arrière. C'est la seule photo sous cadre et, comme elle était jusque-là enveloppée dans du plastique, les autres ne l'avaient pas encore vue :

– Vous vous souvenez, pas vrai ? Visez un peu les cheveux d'Eddy…

Tania tourne la tête.

– Cache-moi ça ! Si je regarde cette photo, je pourrai pas me regarder dans la glace pendant un mois…

Rafa, qui s'est levé pour mieux voir la photo, regarde Tania et sourit. Il s'approche d'elle et la prend dans ses bras. Il lui parle à l'oreille :

– C'est vrai que tu étais canon !

Tania se rebiffe, tout en souriant :

– Tu me colles "ton machin" !

Elle le repousse en agitant les bras, comme s'il s'agissait d'un insecte. Puis, changeant brusquement de registre, elle se tourne vers Aldo et lui lâche sur un ton presque accusateur :

– Tu devais pas m'en faire une copie ?

– C'était à la fin du lycée, non ? demande Amadeo.

– Plus ou moins, réfléchit Aldo. On était en première ou en terminale…

– Regardez Eddy… ajoute Amadeo.

Tania en profite pour demander à Aldo :

– Au fait, c'est toi qui as eu l'idée d'inviter Eddy ?

– Non, c'est moi, rétorque Amadeo. C'est moi qui l'ai invité.

Tania lui lance un regard réprobateur.

– On voit que ça fait seize ans que tu l'as pas vu. Il n'y a pas que ses cheveux qui ont changé… J'aimerais bien savoir qui aujourd'hui a envie de revoir ce sale con.

Rafa essaie de changer de sujet :

– De tous les médecins de Cuba, c'est elle la plus grossière.

Tania sourit à nouveau :

– C'est à force de vous fréquenter, bande de mal élevés…

Tania se concentre sur la photo et son regard s'assombrit d'un coup, comme si elle avait été happée par le flot des souvenirs remontés à la surface.

Cette image nous permet de voir pour la première fois le groupe d'amis au complet : les vivants, les absents et les morts. La photo a peut-être été prise sur cette même terrasse, ils ont l'air d'être appuyés contre le muret donnant sur la mer. La caméra glisse sur les visages et on reconnaît Amadeo, Aldo, Rafa et Tania, très belle du haut de ses dix-huit ans. Il y a aussi Eddy, un mec visiblement cool pour l'époque, à en juger par ses vêtements (un genre de chemise andine) et ses cheveux plus longs que ceux des autres jeunes gens qu'ils furent un jour. La jeune femme qui tient la main d'Amadeo est Ángela. Xiomara est là aussi : une brune magnifique, au sourire franc, éblouissant ; elle pose sa tête sur l'épaule d'Aldo, qui l'enlace par la taille.

On entend hors-champ la voix d'Aldo, mélancolique mais déterminée :

– Déconnez pas, les mecs, c'était vraiment pas si horrible…

Silence.

– Au fait, Aldo… demande Rafa très sérieusement, finalement, Perdomo le Boiteux, il était pédé, oui ou non ?

– Ben, à mon avis oui, déclare Amadeo.

2

Le soleil continue de cogner sur la terrasse. L'activité se fait plus intense dans les bâtiments voisins au fur et à mesure que l'après-midi avance. Amadeo, appuyé contre le muret, observe en fumant le panorama qui l'entoure. Son regard s'arrête sur un balcon non loin où une très belle femme, une métisse, qui vient de sortir de la douche et qui est vêtue d'un simple peignoir, est en train de brosser encore et encore sa chevelure mouillée. Le voisinage s'adonne à un rite paisible, quotidien, vaguement las. Amadeo attrape la petite bouteille d'eau à côté de lui, il en boit une gorgée. La réaction de Rafa le fait sortir de sa torpeur :

– Alors comme ça monsieur boit de l'eau en bouteille, maintenant ?

Amadeo se retourne.

– Écoute, j'ai aucune envie de choper des saloperies dès le premier jour…

– Les salopards sont immunisés contre les saloperies, objecte Tania à voix basse.

Amadeo ne prend pas la peine de lui répondre. Il s'adresse à Aldo :

– Au fait, Yoenis, il vient ou pas, finalement ?

– Il crève d'envie de te voir… lui garantit Aldo. Mais tu connais les jeunes, on ne peut rien prévoir avec eux…

Tania intervient, ironique :

– T'inquiète, il va venir. Il sait parfaitement que "tonton Amadeo" a un cadeau pour lui… Mais ne te fais pas trop d'illusions, Amadeo. C'est pas pour nos beaux yeux qu'il va se pointer. Les retrouvailles entre vieux cons, c'est pas son truc.

Aldo apprécie très moyennement la remarque de Tania :

– Tania, merde…

Tania continue, sur un ton moins abrupt :

– Et il a bien raison… Si j'avais vingt ans, moi… ! Je te dis pas…

Au même instant, Eddy fait son entrée, souriant, par l'escalier donnant accès à la terrasse. Son apparence tranche d'emblée avec celle du reste du groupe d'amis. Eddy, qui n'a jamais ménagé ses efforts pour avoir de beaux cheveux, est désormais complètement chauve ; il porte une fine chemise en coton blanc immaculé, un jean de marque, des mocassins en cuir brillant, une montre en or, une paire de Ray-Ban posée sur son crâne chauve… et dans les mains deux sacs pleins de victuailles grand luxe.

– Salut la compagnie ! lâche-t-il avant même d'avoir posé un pied sur la terrasse, tel un célèbre personnage d'une émission de radio cubaine, interrompant Tania dans son élan.

Aldo sourit, l'arrivée de son ami est à l'évidence un soulagement pour lui.

– Toi, au moins, tu changes pas, tu adores te faire désirer.

– Moi, j'aurais pas fait la tronche s'il était pas venu, marmonne Tania, méprisante, à voix basse mais suffisamment fort pour qu'Eddy puisse entendre.

Eddy fait comme si de rien n'était. Il pose les sacs en plastique sur une chaise et s'écrie en serrant dans ses bras Amadeo, qui s'est approché de lui :

– Bordel, mon frère !

Amadeo lui rend la pareille en disant :

– Putain, Eddy ! Ça fait du bien de te voir !

– Mais t'as plus un poil sur le crâne, dis donc ! s'étonne Rafa en souriant.

Pendant ce temps, Aldo lance à Tania un regard triomphant :

– Je t'avais bien dit qu'il viendrait…

Tania se contente de hausser les sourcils en regardant ailleurs : elle pose les yeux sur une terrasse voisine et ses trois occupants, comme si c'était soudain ce qui comptait le plus pour elle.

– J'étais coincé dans une réunion, se justifie Eddie en mettant ses lunettes de soleil. Mais bon, j'ai fini par me tirer. De toute façon, dans ce pays, c'est pas les réunions qui manquent. Bordel, j'y vois rien, je suis devenu aveugle...

Il fait un geste, comme s'il avait perdu la vue.

– Faut dire qu'elles sont utiles, ces réunions... commente Rafa, comme s'il était persuadé de ce qu'il dit. Si elles servaient vraiment à quelque chose, ça fait un bail qu'on aurait vaincu l'impérialisme américain et tous ses larbins.

– Et qu'on aurait construit le communisme, la phase supérieure du socialisme, ajoute Amadeo.

– Et le dernier échelon dans l'ascension sociale de l'humanité, récite Eddy en remettant ses lunettes sur son crâne.

Tout en continuant à parler, Eddy s'approche des autres. Il serre Aldo dans ses bras.

– Ça va, mon poto ?

Puis il s'adresse à Rafa, qui reste assis, se contente de lui tendre la main. Il est incapable de dissimuler une certaine froideur :

– Putain, Rafa, j'avais une de ces envies de te voir.

– Cache ta joie, lui répond Rafa, sèchement.

Eddy rigole, s'abstient de tout commentaire et se concentre à présent sur Tania, qu'il a gardée pour la fin. Tania est restée assise, elle a les yeux ailleurs, puis finit par regarder Eddy. Les trois autres, qui en savent long, observent la scène, aux aguets. Eddy prend les bras de Tania et l'oblige à se mettre debout, puis il fait un pas en arrière, cherche la bonne distance pour l'observer.

– T'as vraiment de beaux restes, toi, lui lance-t-il sur un ton lascif avant de lui infliger un baiser retentissant sur la joue.

Tania réagit, visiblement irritée :

– Va te faire foutre, Eddy.

Mais, après le compliment qu'elle vient d'entendre, le visage de Tania ne peut réprimer quelques manifestations de coquetterie féminine. À cet instant précis, Eddy remarque un bracelet rituel au poignet de Tania. Il attrape son bras à deux mains et observe, un tant soit peu surpris, cet attribut religieux.

– *Tu quoque, mi fili ?*

Amadeo attend lui aussi la réponse qui leur en dira plus sur la conversion de leur amie.

– Ça fait un bail, dit Tania. Mais ça ne te regarde pas, César…

Eddy serre le poignet de Tania et observe le bracelet.

– Bref, te voilà partie au fin fond de l'Afrique… Ochún ? Yemayá ?

– Ochún, répond Tania non sans fierté.

– C'est bien parti pour la construction du socialisme ! s'écrie Eddy, tout sourire, avant de lâcher Tania.

Tous se mettent à rire. Tania se rassoit.

– Tu as ramené le wis… titi ? demande Aldo.

– C'est de l'or en barre que j'ai là-dedans, laisse-moi te montrer, répond Eddy en se dirigeant vers les sacs en plastique. Il vient directement d'Écosse. Tu le trouves même pas chez ceux de la haute…

Il se touche l'épaule, comme s'il portait des épaulettes militaires. Puis il sort un magnum d'un excellent whisky, qu'il tend à Aldo. Il pose sur la table des olives, du chorizo, des fruits secs et quelques autres gourmandises pour l'apéro. Plus une bouteille de deux litres de Coca-Cola, qu'il donne à Rafa. Aldo ouvre le whisky et en verse un peu par terre “pour les morts”. S'adressant à Tania, il précise :

– Pour les tiens.

Tania hausse les épaules. Aldo sert à boire à tout le monde et Rafa remplit son verre de Coca-Cola. Eddy le regarde faire et lui dit :

– Fais gaffe à pas être bourré, n'oublie pas que c'est la boisson de l'ennemi… Ah, bordel, je me souviens encore de la cuite que tu as prise le jour où on est allés voir Serrat en concert… Vous vous souvenez ?

Tania le rembarre :

– Idiot, on a déjà abordé le sujet !

De but en blanc, Eddy entonne une chanson de Serrat :

– *Soy cantor, soy embustero, / me gusta el juego y el vino, tengo alma de marinero... / ¿Y qué le voy a hacer si yoooo... nací en el Mediterráaneeoo?**

Tout en chantant, il fait semblant de remuer la chevelure qui lui tombe sur les yeux. Sa voix et ses gestes sont une parfaite imitation du chanteur.

L'expression de Tania est sans ambiguïté : "Quel abruti." Elle s'est levée, s'est éloignée vers le muret. Les autres écoutent Eddy, ils sourient, l'accompagnent en chœur... mais, soudain, le téléphone portable qu'Eddy porte accroché à la ceinture se met à sonner ; l'air agacé, il sort l'appareil (modèle ultra récent) de son étui en cuir et regarde l'écran.

– Bordel de merde ! crie Eddy. D'un geste, il demande à ses amis de se taire. – Juste un moment, s'il vous plaît, messieurs, c'est la secrétaire particulière du patron de ma boîte...

Eddy s'éloigne du groupe, fait quelques pas vers la balustrade donnant sur la mer. Tania rejoint les autres, qui se regardent entre eux et sourient. Tania lance un regard méprisant en direction d'Eddy :

– Chassez le naturel, il revient au galop...

– C'est son boulot, Tania, justifie Aldo.

Pendant qu'Eddy est en pleine conversation – on entend à peine, il est question de vols charters, d'hôtels en pension complète –, les autres finissent de dresser la table et Amadeo se sert un verre de whisky :

– C'est celui que je bois en Espagne... Enfin, quand je peux, parce qu'il coûte un bras.

Tania le regarde tremper ses lèvres dans le whisky et demande ironiquement :

---

* *Nací en el Mediterráneo* ("Je suis né sur les rives de la Méditerranée") est l'une des chansons les plus célèbres de l'auteur-compositeur-interprète espagnol Joan Manuel Serrat, très connu à Cuba, où un hommage lui a été rendu sous forme d'un album de reprises intitulé *Cuba le canta a Serrat*. (*NdT*)

– Pour noyer ton chagrin ou faire taire tes remords ?

– Tania, s'il te plaît, s'il te plaît… lui demande Amadeo presque suppliant.

– C'est bon, je me tais, bien sûr que je me tais, répond-elle pour mettre un terme à la conversation.

Mais Amadeo n'a pas l'intention d'en rester là :

– Ce qui est arrivé entre Ángela et moi…

Tania monte sur ses grands chevaux :

– Dis plutôt ce qui est arrivé à Ángela. Je sais que certaines questions sont douloureuses à entendre, mais dis-moi une chose… comment est-ce que tu as pu rester en Espagne sans remettre un pied ici alors que ta femme était en train de mourir ? Est-ce que tu as la moindre idée de ce qu'ont été les derniers mois d'Ángela ? Parce que moi, moi, je le sais…

Amadeo observe Tania, il semble sur le point de dire quelque chose lorsque soudain Aldo décide de prendre part à la conversation :

– Allez, allez… vous allez mettre la pédale douce, d'accord ? On n'est pas là pour régler nos comptes.

Tania hoche la tête, mais elle dit avec une amertume sarcastique :

– Je suis d'accord, je suis d'accord… L'important, c'est de s'amuser, non ?

Un silence douloureux s'abat sur la terrasse. Le silence des procès en attente de jugement.

Tout au fond, Eddy est toujours pendu au téléphone mais son regard est tourné vers ses amis, comme s'il suivait les deux conversations en même temps. Il écoute, acquiesce presque mécaniquement, lâche un “Ouais” de temps en temps.

3

Le soleil est en train de se coucher. Les ombres commencent à envahir la ville et à priver ce quartier du centre de La Havane des charmes douteux qui pourraient encore être les siens. À camoufler, aussi, ses ruines les plus inquiétantes.

Sur une terrasse, de l'autre côté de la rue, trois hommes préparent un feu au-dessus duquel ils installent un récipient plein d'eau, noirci par les flammes. Au fur et à mesure que l'obscurité s'installe, leurs silhouettes deviennent des ombres rougies par les reflets du foyer, en partie cachées par la fumée ; on dirait des êtres primitifs ou des boucaniers sur une île perdue. Tandis qu'ils attendent ou qu'ils s'affairent, les hommes boivent au goulot un alcool apparemment très fort. L'un d'entre eux tient dans sa main un énorme couteau, qu'il soulève dans les airs comme s'il s'apprêtait à prendre part à une bataille de pirates.

Sur la terrasse, ils ne sont plus que quatre de la bande d'amis. Il manque Amadeo.

Aldo montre du doigt Eddy, qui est toujours au téléphone : il est question de contrats, de virements qu'il a programmés ; tantôt il se tient immobile, tantôt il fait les cent pas, parfois il fait des gestes de sa main libre. Il a l'air inquiet.

– Depuis le temps qu'il y est, il doit avoir réglé tous les problèmes du pays, commente Aldo.

Au même moment, Amadeo grimpe l'escalier, il avance en se frottant les mains, il vient visiblement de se les laver. Rafa se lève pour attraper la bouteille de Coca.

À cet instant, l'écho d'une fanfare – tambours et trompettes – leur parvient depuis le lointain. Rafa tend l'oreille puis s'adresse à Aldo, tout en se resservant un verre :

– Il y a un match au stade aujourd'hui ?

– Industriales contre Santiago… répond Aldo. Ça va être chaud.

Le commentaire de Tania ne se fait pas attendre :

– Tu parles, vos chers Industriales vont encore se faire ratatiner…

– P'tain, j'ai une de ces envies de voir un bon match de base-ball ! s'écrie Amadeo tout en se penchant au-dessus du muret pour voir passer les musiciens. En Espagne, ils savent même pas ce que c'est qu'un *home run*… Un vrai bon *home run*…

– Arrête de nous faire chier avec l'Espagne, s'il te plaît ! l'interrompt Tania.

La violence de Tania semble un peu disproportionnée. Il est de plus en plus évident qu'elle a quelque chose sur le cœur, qu'elle veut en découdre. Amadeo tente de calmer les esprits :

– Tania, j'ai passé un tiers de ma vie là-bas… Si je vous en parle, c'est… parce que vous êtes mes amis. Je sais bien qu'ici, tout le monde croit qu'il suffit de partir pour avoir la belle vie…

– Oh, mon pauvre ! Tu vas nous faire chialer…

Mais Amadeo ne se laisse pas démonter :

– Tu peux juste imaginer un instant que le premier hiver que j'ai passé là-bas, je m'en suis sorti vivant grâce à des bonnes sœurs qui m'ont donné le manteau d'un homme qui venait de mourir ?

– Touchons du bois, murmure Aldo.

– Tu vivais où, toi ? Avec les bonnes sœurs ? lui demande Rafa.

Amadeo fait non de la tête, comme s'il préférait ne pas se souvenir.

– J'ai trouvé un boulot de gardien de nuit dans un entrepôt, je dormais là-bas, dans un coin que je m'étais aménagé au milieu de ces trucs pour les monte-charges… – Il mime avec ses mains quelque chose de plat qui se soulève.

– Les palettes, lui souffle Aldo.

– Les palettes des monte-charges… J'allais prendre des douches chez un Marocain, c'est lui qui prenait la relève pendant la journée, il avait une toute petite chambre mais il m'a bien rendu service… Ce que j'ai pu avoir froid dans cet entrepôt. Bref, je préfère oublier…

Aldo le regarde et lui pose une main sur l'épaule :

– Alors oublie…

Mais Amadeo semble avoir besoin de raconter son calvaire :

– Après, j'ai commencé un boulot de jour avec Jesús, un Cubain que j'ai rencontré là-bas, il peignait des maisons et des bâtiments… Mais je passais toujours mes nuits dans l'entrepôt.

Amadeo observe une pause, les autres respectent son silence. Eddy a cessé de parler au téléphone mais il reste appuyé contre le mur, son portable à la main, attentif à la conversation de ses amis. Aldo passe un bras sur les épaules d'Amadeo, dans un geste à la fois tendre et maladroit et lui dit :

– Tu as dû en baver… J'imagine.

– Non, mon pote, je ne crois pas que tu puisses l'imaginer. – Amadeo regarde ses amis, qui ont l'air consternés, puis il décide de changer de ton. – Mais bon, ça s'est arrangé petit à petit. Jesús connaissait une avocate, il m'a aidé à conclure un marché avec elle : je repeignais sa maison et elle m'aidait à obtenir un permis de travail.

– Un cadeau du ciel, ce Jesús, commente Aldo.

– Tu l'as dit… Il a été mon sauveur, vraiment… mais c'était quand même un enfoiré. Le connard me payait la moitié de ce qu'il aurait dû…

– Le salaud… ! Et moi qui croyais en Jesús ! intervient Eddy, qui s'est approché du groupe. En prononçant ces derniers mots, il lève les bras au ciel. Il cherche du regard l'approbation des autres pour sa bonne blague, mais personne ne fait attention à lui. Alors il s'assied sur l'une des chaises.

– Le pire, c'est que j'en suis venu à me dire que tout ça était normal, poursuit Amadeo, souriant malgré l'amertume. Après tout, j'étais un étranger, j'étais traité en tant que tel.

– Mais maintenant tu es espagnol, non ? demande Rafa.

– Oui, oui, espagnol de souche… répond-il en imitant l'accent de la péninsule. Une fois que j'ai obtenu mes papiers, j'ai pu commencer à travailler comme prof et tout s'est peu à peu arrangé.

Amadeo mesure soudain l'effet produit par ce qu'il vient de dire, il a un peu honte et décide alors de mettre fin à ses aveux :

– Bon, fin de l'histoire… J'avais juste besoin que vous soyez au courant.

Mais Rafa n'a aucune envie de se laisser attendrir, il est un peu fâché par ce qu'il vient d'entendre et riposte sur un ton glacial :

– Ça y est, c'est l'heure des larmes ? Dis, tu t'en es sorti, finalement, non ? Là-bas, tu vis de tes cours. Ici, les profs vivent par miracle, vu qu'avec ce qu'ils gagnent…

Amadeo explose :

– C'est bon, c'est bon, j'arrête de vous emmerder avec mes conneries… Pourquoi est-ce que je me plaindrais, hein ? J'ai un toit, un bon manteau, un ordinateur connecté à Internet, j'ai été en France, en Hollande, j'ai enfin pu aller en Italie… Mais tu veux savoir où est le problème, celui que tu n'as pas envie d'entendre ? Le problème, c'est que je suis seul, je m'ennuie, parce que raconter à quelqu'un là-bas ce que j'ai vu en Italie, c'est pas comme vous en parler à vous… Et surtout… j'ai plus jamais recommencé à écrire. À écrire pour de vrai.

– Ni moi à peindre… pour de vrai, contre-attaque Rafa. Et pourtant, tu vois, je suis allé nulle part.

– Et pourquoi tu peins pas comme avant, et voilà ? lui demande Aldo.

Rafa réfléchit, regarde Aldo, puis Amadeo. Il boit une gorgée de soda. Il se décide enfin à parler :

– Oui, je sais, vous vous dites que c'est facile… Tu connais ça, Amadeo… Quand quelque chose se déglingue à l'intérieur, des fois il n'y a pas moyen de le réparer. En ce qui me concerne, je pense que la panne est définitive.

Rafa boit encore un "coup", comme s'il préférait ne pas donner suite à cette conversation qu'il s'est pourtant imposée. C'est Eddy qui prend le relais :

– Au fait, Amadeo, tu n'avais pas écrit une pièce de théâtre ?

– Une sombre merde, voilà ce que j'ai écrit… En plus, je l'avais presque terminée avant de partir… Non, je crois que, sans m'en rendre compte, j'avais la trouille de faire comme tous ces gens qui n'étaient rien ici mais qui, une fois à l'étranger, se sont inventé une histoire qui, dans certains cas, ne les avait touchés ni de près ni de loin : Cuba, le pays de la frustration et de la misère, où ils avaient subi des persécutions et…

– N'empêche que tu aurais pu écrire sur cet enfoiré de Jesús, merde, ou bien sur le Marocain qui t'a sauvé du froid… lâche Eddy. J'en sais rien, moi, sur ce que t'étais en train de vivre…

– Oui, j'y ai pensé… Mais qu'est-ce que je peux bien avoir à dire sur l'Espagne ? Ça fait seize ans que je vis sur place et j'y comprends toujours rien. J'ai commencé à écrire trois romans, tous aussi mauvais les uns que les autres… Tout ce que j'arrivais à sortir, c'était de l'amertume et de la colère… et j'ai aucune envie d'écrire là-dessus…

Tania intervient à son tour :

– Et pourquoi pas ? Si c'est ce que tu vivais… L'amertume et la colère, c'est aussi la vie. Et c'est ce que tu as laissé derrière toi.

Rafa se met à rire :

– Écoute-la bien, c'est une spécialiste en la matière !

Rafa caresse d'une main la tête de Tania, qui le repousse, offensée.

Eddy tente de mettre un peu d'ordre dans la conversation :

– Amadeo, que tu ne veuilles pas écrire sur certains sujets, OK ; mais que tu n'arrives pas à écrire, c'est différent. Parce que, ici, tu écrivais, et t'étais déjà en colère et déçu, alors qu'ici tout était même pire qu'avant pendant la Période spéciale et que les gens étaient prêts à tout pour se jeter à la mer et se tirer loin d'ici…

Pendant qu'ils parlaient, en quelques instants à peine, la nuit s'est répandue sur la ville, comme si elle était tombée brusquement. La mer est une tache de plus en plus grise, sombre, mystérieuse. De l'autre côté, la ville, caverneuse, diffuse, à peine éclairée par quelques ampoules. Amadeo parle, le regard tourné vers la ville.

– Ma vraie vie était ici… Et pour écrire là-bas, il fallait que je me souvienne de cette vie… Mais s'il y avait bien une chose que je voulais éviter, c'était de me souvenir. J'avais envie d'une seule chose : perdre la mémoire… Tu comprends ? Mais sans mémoire, comment est-ce qu'on peut écrire, bordel ?

Rafa, toujours aussi agressif, poursuit :

– Quand je t'entends parler, Amadeo, franchement, j'y comprends que dalle… Tu veux bien m'expliquer pourquoi tu t'es barré ?

– Le mystère Amadeo… déclame Eddy sur un ton théâtral, ne pouvant éviter de sauter sur l'occasion.

Tania, appuyée contre le muret, regarde Amadeo et lui lance :

– Moi, c'est pas ça la question que je me pose. Ce que je me demande, c'est comment est-ce que tu as fait pour ne pas venir quand tu aurais dû venir ?

Amadeo est sur le point de répondre, mais Tania continue sur sa lancée :

– Dis-nous la vérité : qu'est-ce que tu avais en tête quand Ángela est tombée malade ? Tu pensais qu'avec les trois sous que tu lui envoyais de temps en temps elle guérirait de son cancer… ?

Amadeo tente de se justifier :

– Je travaillais rien que pour ça, bordel, pour lui envoyer des médicaments et de quoi manger ! Jour et nuit, chaque putain de jour, même quand je crevais de faim… Quant à ce que je pensais… Tania, tu peux même pas l'imaginer… M'oblige pas à parler de ça…

Tania n'a pas l'air prête à jeter l'éponge mais la tension qui règne entre eux et le chemin pris par la conversation se heurtent à la sonnerie du téléphone d'Eddy, qui jette un coup d'œil sur l'écran et secoue la tête.

– Je vais éteindre cette saloperie. S'ils me cherchent, ils n'ont qu'à envoyer la police. – Eddy pianote sur son téléphone pour l'éteindre. Au moment où il va le ranger dans son étui, il remarque les lumières du stade de La Havane, qui éclairent une partie du ciel devenu noir. – Ils ont allumé les lumières du stade… Amadeo, tu te souviens de l'ambiance des matchs Industriales-Santiago ? Ça doit valoir le coup…

– Sûrement pas autant qu'un Barça-Real Madrid au Bernabéu, ironise Rafa.

Aldo intervient, il en a marre :

– Toi aussi tu t'y mets, Rafa ? On pourrait causer sans s'agresser ?

– Moi, je suis très calme, répond Rafa en faisant mine de ne pas comprendre. Dis-moi un peu quel sujet agréable tu veux que j'aborde. Voyons voir… L'amertume ou la colère… ? Le fait que je suis un guignol qui essaie de peindre ? Ou bien mon ulcère… ou ma hernie discale ?

Rafa se touche ostensiblement le ventre puis le dos.

– Toi, tu ferais mieux de la fermer, ou bien on n'en finira jamais, rétorque Tania qui est en train de se toucher la nuque en faisant une grimace qui veut dire : putain, ça fait mal.

Eddy regarde tous les autres :

– On voit que vous aimez faire la fête, messieurs ! – Et il descend sur son nez les lunettes encore posées sur son crâne. – Mais c'est qu'il fait nuit, bordel !

4

La nuit est tombée et les personnages sont assis autour de la table, ils ont changé de place.

Soudain, on entend les hurlements déchirants d'un cochon. Sur la terrasse d'à côté, grâce aux reflets du feu, on distingue les silhouettes des trois hommes en train de tuer l'animal. Tandis qu'il agonise, les hommes boivent à la bouteille et fument, presque nonchalamment.

Sur la terrasse d'Aldo, les cinq amis ont tourné les yeux vers l'endroit d'où proviennent les hurlements de l'animal et, durant quelques instants, ils restent silencieux. Les cris, d'abord très forts, deviennent des râles d'agonie. Amadeo, mal à l'aise, boit son whisky de façon compulsive. Eddy veut mettre des glaçons dans son verre mais il se rend compte qu'il n'en reste que quelques vestiges.

– Et merde... Bon, Bola de Nieve n'avait pas tort : à La Havane, les meilleures fêtes sont gâchées par manque de glaçons.

– Je vais en chercher en bas, dit Aldo.

Tania, qui n'apprécie guère le spectacle du porc sacrifié, se met debout.

– Non, j'y vais moi. Je supporte plus ces hurlements, et puis je vais voir si je peux donner un coup de main à Fela pour le repas. – Tania prend la glacière et se dirige vers l'escalier. Au moment où elle va commencer à descendre, elle se retourne et annonce : – Merde à celui qui dira du mal de moi !

Puis elle sort, après avoir balancé ce qui restait d'eau dans un coin.

Les quatre hommes l'observent s'en aller, ils se regardent entre eux et, une fois qu'ils estiment qu'elle ne peut plus les entendre, ils se lâchent.

– La pauvre, elle est complètement barrée ! murmure Eddy.

Rafa intervient, énervé :

– Il y a des tas de gens dont les enfants sont partis, c'est par pour autant qu'ils sont aigris à ce point.

– Sur cinq, ça m'en fait trois… se souvient Eddy. Déjà trois de mes filles… Pfuit… *Fasten seatbelts*… – Eddy mime un avion en train de décoller et sourit. Il parle un peu plus bas. – Mais j'ignorais qu'elle donnait dans le folklore, à présent. – Il se touche le poignet, là où Tania porte un bracelet rituel.

– Elle était au fond du trou, elle dit que ça l'a aidée à remonter la pente… explique Aldo en essayant de la justifier. C'est Xiomara qui l'a initiée à la *santería*.

– Alors comme ça Xiomara aussi ?! s'exclame Amadeo.

Aldo acquiesce et hausse les épaules. Il s'en fiche et n'a aucune envie d'aborder le sujet.

– Aujourd'hui, les églises sont pleines et tout le monde a un autel à la maison… Mais je crois que si Tania s'est mise à la *santería*, c'est parce qu'elle n'avait rien d'autre à quoi se raccrocher et…

Amadeo hoche la tête.

– Si seulement toutes ces conneries d'orishas pouvaient lui servir à quelque chose… Elle peut pas continuer à se faire du mal comme ça… J'imagine à quel point elle a souffert au moment de la mort d'Ángela…

– Les derniers mois, elle avait arrêté de travailler. Elle passait tout son temps à son chevet, dit Aldo.

Amadeo secoue la tête.

– C'est quoi cette merde… ! J'aurais tellement voulu dire à Tania que…

Rafa l'interrompt, agacé :

– Bordel de merde, tu as l'intention de ressasser tout ça encore longtemps ?

Amadeo le regarde droit dans les yeux, il hausse le ton, sa réaction est un peu disproportionnée :

– Et pourquoi je devrais changer de sujet ? Pourquoi est-ce que, dans ce putain de pays, on doit toujours dire, penser, faire ce que les autres veulent ? – Amadeo, contrarié, s'est à moitié levé de son banc. Les autres n'osent pas le contredire. – Je n'ai pas tué Ángela. Elle est tombée malade parce qu'elle est tombée malade. Et moi, je ne pouvais pas venir...

– Tu as essayé, au moins ? demande Rafa.

Amadeo fait non de la tête.

– Non, je n'ai même pas essayé... Et tu sais pourquoi ? Parce que j'avais peur qu'on me laisse pas rentrer, ou qu'on me laisse rentrer et que je puisse pas ressortir...

Rafa se fâche :

– Te fous pas de ma gueule. Tu connais quelqu'un qui soit rentré et qu'on ait pas laissé repartir ? Ángela était en train de mourir, mon pote !

– Elle allait mourir, que je vienne ou non ! Tu comprends pas ça ? – Amadeo tente de se maîtriser, en vain. – Et en plus, je vais te dire, Ángela, c'était ma femme, vieux, pas la tienne, alors mêle-toi de ce qui te regarde...

– D'accord, d'accord...

Rafa fait mine de passer à autre chose. Aldo a l'air gêné. Amadeo énervé. Eddy sourit, secoue la tête, menace sur le ton de la plaisanterie :

– Si vous recommencez avec cette histoire, je rallume mon portable... – Puis il lève son verre. – Sans glaçons, tant pis.

Eddy lève son verre bien haut, en direction d'Amadeo, il insiste, le force à trinquer puis s'enfile une bonne lampée de whisky. Amadeo en fait de même. Ils demeurent silencieux quelques instants puis se tournent vers la terrasse d'à côté, où quelqu'un vient de crier : "L'autre corde, bordel de merde, pas celle-là..."

Rafa sourit tristement puis demande à Amadeo :

– Et tu as une copine, là-bas ?

Amadeo fume avant de répondre.

– Je sors plus ou moins avec une Catalane... Même ça, c'est pas simple...

– Quoi ? Baiser une Catalane ? plaisante Eddy.

– Fais pas chier, Eddy. Les femmes, là-bas, elles sont plus compliquées. – Amadeo se touche la tête, le refuge de toutes les complications. – Dès que tu en rencontres une, la fois suivante elle te demande si tu es propriétaire ou locataire, et quand est-ce que tu vas te marier avec elle…

– Si elles en sont là… admet Eddy. Elles sont bloquées au Moyen Âge, les connes. Mais quand elles sont canon, elles le sont pas à moitié… ! – Eddy parle plus bas. – J'en ai sauté une qui venait des Asturies, María José, avec un cul, et des cuisses… Et elle préparait une *fabada*, je te dis que ça !

Amadeo sourit tristement.

– À Madrid, quand je retrouve des gens et qu'on va boire des coups, si vous saviez combien de fois j'ai rêvé de me retrouver ici, pour descendre avec vous un litre de mauvais rhum, parler de tout et n'importe quoi, en crevant de chaud, et même en assistant à ce genre de spectacle… – Amadeo montre la terrasse voisine transformée en abattoir de fortune. – Si vous saviez à quel point ça me manque. Ça me donne envie de pleurer, tiens…

Rafa éclate de rire.

– T'inquiète pas, Amadeo… S'il s'agit de dire n'importe quoi, tu peux toujours compter sur nous ! C'est une des rares choses qu'il nous reste, hein ?

Amadeo acquiesce et continue :

– Mais, je vais vous dire, ce qui me manque le plus, c'est les nuits qu'on passait à refaire le monde. Et on y croyait, putain !

Au tour de Rafa d'acquiescer :

– J'ai peut-être plus l'âge de m'enthousiasmer ou de croire… On est devenus des vieux cons…

Amadeo soupire.

– Mais à l'époque, on y allait à fond… Ça carburait dans nos têtes !

Aldo intervient :

– Vous voulez que je vous dise un truc qui va vous remonter le moral ?

Les autres le regardent, ils attendent.

– Rafa a raison : on est devenus des vieux cons…

Eddy n'a pas l'air d'apprécier la remarque :

– Vieux cons vous-mêmes… Pas moi… Et toi, Amadeo, arrête de pleurnicher, mon frère ! Merde, ça suffit, regarde-toi ! Messieurs, vous savez quoi ? – Cette fois, il s'adresse à tous. – Les choses sont comme elles sont, point final. L'âge de la crédulité bienheureuse s'en est allé… se faire foutre… Fini le temps où on croyait tous…

– À l'époque, tout ce qu'on faisait était "historique", ironise Rafa. On était en train d'écrire l'Histoire avec un grand H, putain ! On était le phare qui éclairait le monde !

– Eh ben, peut-être qu'on avait un rôle historique à jouer. – Les mots d'Aldo déclenchent des applaudissements moqueurs, mais il ne s'avoue pas vaincu : il regarde les autres, un brin provocateur, et attend que le silence revienne. – OK, OK, moquez-vous autant que vous voudrez… Mais laissez-moi vous dire une chose : quand tu crois…

Rafa l'interrompt :

– On nous obligeait à croire, mon pote…

Aldo s'entête :

– Ta gueule ! On-y-a-cru ! Pour-de-bon… – Il appuie sur chaque syllabe. – C'étaient pas des conneries… Et toi, Rafa, tu étais comme les autres. Souviens-toi, souviens-toi, fais un effort. À l'époque, on voulait tous, je dis bien tous, nous qui sommes ici et ceux qui n'y sont plus, on voulait tous faire des études parce qu'on était persuadés que c'était la meilleure façon de progresser et de vivre mieux. Toi-même, tu piquais des colères quand tu n'étais pas premier de la classe parce que tu étais à fond avec la musique américaine… Me dis pas le contraire, non, pas à moi…

Rafa le reconnaît à contrecœur :

– C'est vrai, ça me rendait dingue, parce que je savais que je le méritais, que c'était pas juste… Je voulais être militant des Jeunesses communistes, comme toi, comme Eddy…

– Tu vois ? Tu étais un croyant… ! s'écrie Aldo, triomphant.

Eddy s'adresse à Rafa :

– Tu risquais pas d'entrer aux Jeunesses communistes, t'as jamais su tenir ta langue ! Tu pouvais pas écouter ta musique tranquillement, sans en faire tout un plat, non ? Amadeo et moi, par exemple, on n'a jamais eu d'ennuis, et pourtant, il faut voir ce qu'on lisait... ! Sauf qu'on le criait pas sur tous les toits... On essayait pas de passer pour des héros, mais...

Amadeo énumère avec émotion :

– Orwell, Cabrera Infante... Et Vargas Llosa ! Je te dis pas si on nous avait chopés... ! Eddy, Eddy, tu te souviens de *Conversation à La Cathédrale* ?

Eddy se concentre et commence à déclamer les premières phrases du roman :

– "Depuis la porte de *La Crónica*, Santiago regarde l'avenue Tacna sans amour : des automobiles, des édifices pâles et dépareillés (bougeant les bras, Eddy fait mine d'embrasser l'espace environnant), des squelettes d'enseignes lumineuses flottant dans la brume, la grisaille de midi. Et il se demanda..."

Amadeo pointe son doigt sur Eddy, qui en fait de même avec Amadeo, puis ils s'écrient en chœur :

– "Foutu Pérou, mais depuis quand ?*"

Admiration générale et rires. Amadeo sort une cigarette et demande à Eddy :

– Eddy, tu n'étais pas encore arrivé quand on en a parlé tout à l'heure, mais... tu te souviens de Perdomo le Boiteux ?

– Tu parles si je m'en souviens, celui qui s'était... *bam* – Eddy mime un coup de machette sur une jambe.

Amadeo sourit.

– Tu crois qu'il était pédé ?

– À mon avis, oui...

Pendant ce temps, Tania est remontée, elle s'approche avec la glacière.

* Mario Vargas Llosa, *Conversation à La Cathédrale* (traduction de Sylvie Léger et Bernard Sesé), Paris, Gallimard, 1973. (*NdT*)

– Bien sûr qu'il était pédé. Il ne m'a jamais draguée. Il ne m'a même jamais regardée.

– Cette fois, on a la preuve ! hurle Eddy. La pratique comme critère de vérité !

– N'empêche qu'il en faut, des couilles, pour se foutre un coup de machette, objecte Aldo, qui mime le geste de se couper une jambe à son tour, tandis qu'un rictus de douleur apparaît sur son visage.

Eddy se lève et fouille dans le tas de CD, il en trouve un et le met. De là où il est, il annonce :

– *Dream*, du pur *dream*... Écoute ça, Tania, c'est tout spécialement pour toi.

Il appuie sur *play*. On entend les premiers accords de *California Dreamin'* de The Mamas and The Papas... L'ambiance musicale rejaillit sur le groupe, qui se retrouve comme hypnotisé par cette évocation sonore des années passées.

– La machine à remonter le temps ! s'écrie Tania, tout émue. Putain, ce disque... – Elle ferme les yeux, très fort, comme si elle voulait voir à l'intérieur d'elle-même. – Ça me tue...

Amadeo se lève, s'approche de Tania.

– Allez, viens, ça va faire vingt ans qu'on n'a pas dansé ensemble...

Tania, surprise par cette proposition, regarde Amadeo d'un air méfiant, mais elle finit par se laisser entraîner et ils se mettent à danser.

– Et pourquoi tu voulais danser avec moi ?

– Parce que tu es mon amie... Et... – Amadeo réfléchit puis ajoute : – Parce que tu as toujours été dingue de cette chanson.

En entendant ces mots, Tania se radoucit et pose son visage contre celui d'Amadeo. Pendant qu'ils dansent, ils s'éloignent un peu des trois autres, qui les regardent danser tout en écoutant la chanson.

Aldo les observe.

– Messieurs, nous assistons en ce moment même à un miracle… Je n'aurais jamais cru revoir ces deux-là danser ensemble un jour.

– Moi non plus… admet Eddy.

Rafa intervient, sur un ton plus grave :

– Avec Amadeo, j'ai un truc qui passe pas… Comme une épine coincée en travers de la gorge…

– Rafa, tu as plus d'épines en travers que n'importe lequel des cactus d'Aldo, lui rétorque Eddy tout aussi gravement. T'aurais pas une épine coincée avec moi aussi ?

– Écoute, je suis peut-être à moitié fou, mais là, c'est pas de la parano… proteste Rafa.

– En tout cas, ça y ressemble… conclut Eddy.

Rafa n'a plus la moindre envie de se justifier. Il préfère prendre la chose à la légère :

– Au fait, vous connaissez l'histoire du mec parano qui se plaint toujours d'être entouré de paranos qui lui veulent du mal ?

Aldo rigole et Eddy demande :

– Si ce n'est toi, c'est donc ton frère ?

5

Amadeo et Tania sont toujours enlacés, ils dansent presque immobiles. Amadeo murmure quelque chose à l'oreille de Tania mais, avant la fin de la chanson, elle s'arrête brusquement, cesse de danser et s'écarte d'Amadeo. Elle le regarde puis fait demi-tour, va éteindre la musique et se dirige d'un pas pressé vers le reste du groupe. Elle les regarde. Il y a dans ses yeux de la douleur, voire de la haine. Les autres ne comprennent pas ce qui vient d'arriver.

Tania leur lance, leur hurle presque :

– Vous savez quoi ? – Elle se retourne et s'adresse cette fois à Amadeo. – Dis-le, dis-le-leur toi-même !

Amadeo ne répond pas. Tania poursuit :

– Vous savez ce qu'il dit, ce con ?

Elle pointe sur Amadeo un doigt accusateur. Aldo fait non de la tête. Eddy et Rafa, qui n'y comprennent rien, regardent tour à tour Tania et Amadeo. Eddy sourit, il semble sur le point de sortir une plaisanterie mais s'en abstient en voyant la tête que fait Tania. Elle continue à crier, ou presque :

– Il dit qu'il va pas retourner en Espagne… Qu'il est rentré pour de bon !

Pendant ce temps, Amadeo est resté au second plan, il écoute Tania et observe les premières réactions des autres. Aldo a le regard tourné vers le sol et il continue à faire non de la tête. Eddy se tourne vers Amadeo, il l'observe comme s'il découvrait un être débarqué d'une autre galaxie. Rafa, abasourdi, ne comprend rien à rien, mais il est le seul à réagir et demande à Amadeo :

– Tu parles sérieusement ? Tu te rends compte de ce que tu dis ? – Puis Eddy se tourne vers les autres. – Tout ça c'est des conneries, non ? Tu te fous de nous ?

Rafa ne peut retenir une grimace de mépris. Il lâche à voix basse, sans s'adresser à personne :

– Non mais quel con… !

Eddy regarde Amadeo fixement. À la profonde mélancolie de son regard se mêle une grande lassitude.

– Oui, c'est vrai, faire ce qu'on a envie de faire… Pour une fois dans cette putain de vie…

Les mots d'Amadeo et le commentaire d'Eddy semblent avoir touché une corde sensible : le groupe reste silencieux. On n'entend plus que les bruits de la ville, une musique festive qui flotte dans les airs, peut-être en provenance d'un bâtiment voisin, ou peut-être d'ailleurs. La nuit est soudain traversée par les cris d'une femme :

– Espèce de pédé, si je te mets la main dessus je te nique la gueule… !

Et le hurlement d'un homme :

– Ta main, c'est sur ma bite que tu vas la mettre, salope… !

Tous les regards se tournent vers l'endroit d'où viennent les cris ; seul Rafa reste immobile.

– La voix du peuple le plus cultivé du monde, lance Eddy.

Après avoir observé la scène, Amadeo ajoute, presque dans un murmure :

– Putain… même ça, ça me manquait…

6

Ils sont tous assis autour de la table basse où sont posées les boissons. Chacun est perdu dans ses propres réflexions.

Rafa se sert un verre de soda plein à ras bord, comme s'il n'avait plus le sens des proportions ou la maîtrise de ses actes.

– Putain, j'ai une de ces envies de boire un coup ! se plaint-il.

– T'as pas intérêt… le menace Tania, qui se retourne, inquiète, vers Rafa.

Rafa regarde Amadeo droit dans les yeux :

– Sérieusement, mon pote… Si tu restes ici, de quoi tu comptes vivre ?

– Je trouverai bien, répond Amadeo sans trop y réfléchir.

– Tu vas élever des porcs ? continue Rafa en montrant la terrasse d'à côté. Ou tu vas te faire embaucher dans un garage clandestin pour fabriquer des batteries de voiture avec Aldo ? Regarde ses mains, elles sont complètement brûlées par l'acide…

– Fous-moi la paix, et à mes mains aussi… réplique Aldo.

Amadeo sourit tristement et se met à parler, sans s'adresser à personne en particulier :

– J'ai survécu à la faim ici au moment de la Période spéciale, et au froid en Espagne, alors… Mais laissez-moi plutôt vous dire pourquoi je vais rester : je veux recommencer à écrire, je veux sentir que je suis un écrivain. Cette sensation-là, ça fait un bail que je l'ai plus éprouvée, et je vous jure que c'est l'une des pires choses qui me soient arrivées dans la vie…

Rafa fait non de la tête, la mine sérieuse.

– Et tu crois qu'il va te suffire de rentrer pour redevenir un écrivain ? Comme par magie ? Tu vas reprendre l'écriture comme tu as repris la clope ?

– Je veux au moins essayer… J'ai besoin d'essayer…

Rafa, au bord de l'épuisement, poursuit :

– Écoute, tout ce que je peux faire pour toi, c'est te conseiller d'aller voir mon psy… Mets-toi bien une chose dans le crâne : ici, c'est plus le pays où on a grandi. C'est même pas celui que tu as laissé il y a quinze ans…

– Seize.

– Quinze, seize, ça change rien.

– Ça fait un an de plus, rétorque Amadeo gravement.

– Seize, d'accord. De toute façon, ce pays n'est plus ce qu'il était, tu peux me croire. C'est un truc bizarre et on ne sait pas du tout ce que ça va donner.

Aldo prend le parti d'Amadeo, agacé par ce pessimisme généralisé :

– D'accord, c'est vrai que c'est loin d'être le paradis, mais bon, on se débrouille et on est toujours vivants… – Aldo regarde ses amis. – Je ne me plains pas… Bon, disons que je me plains pas trop. Avec mes batteries, c'est vrai que je me bousille les mains, mais je gagne ma vie. Et tu sais quoi ? Même si tout le monde s'en fout, ici je continue à être Aldo García Ferrán, je suis noir et ça m'est égal, je suis ingénieur même si je bricole des batteries avec des pièces volées, mais je suis cubain comme tout le monde, et de temps en temps je vais au stade pour voir perdre les Industriales.

Bref silence, interrompu par un commentaire d'Eddy :

– T'as pas tort pour les Industriales. Du masochisme à l'état pur… Cette saloperie de cochon va me rendre fou, bordel, j'en peux plus de cette putain d'odeur de sang !

Il fait un geste d'énervement en direction de la terrasse d'à côté, où les trois hommes sont à présent en train de verser de l'eau bouillante pour nettoyer la peau de l'animal.

Mais Rafa n'est pas convaincu, il s'en prend à nouveau à Amadeo :

– OK, OK… Tu restes, tu as une illumination et tu te mets à écrire… Et aussi à publier ? Où, quand, comment ?

Tu vas vivre de tes droits d'auteur ? – Il marque une pause. – Non mais tu te crois où ?!

– N'en jetez plus ! intervient une nouvelle fois Aldo, énervé. Laissez-le faire ce qu'il veut…

Tania finit par intervenir.

– Tu changeras jamais, Aldo ! Toujours aussi optimiste ! Avec des croyants comme toi, même le pape joue petit bras…

Aldo hésite, mais il n'a pas l'air disposé à se taire :

– Oui. Oui, c'est vrai, je crois, et penses-en ce que tu voudras, moi je veux continuer à croire que chacun… que chacun doit faire ce que sa conscience lui dicte…

– Eh ben moi, je crois en rien… en rien de tout ça, assure Tania.

Aldo est sur le point de lui répondre quelque chose mais Tania se tourne vers Amadeo et lui demande de bien l'écouter :

– Dis-moi un peu, Amadeo… Tu sais de quoi je vis ?

Eddy se penche vers Amadeo et lui murmure à l'oreille :

– Je crois qu'elle est devenue pute.

La plaisanterie ne fait pas rire Amadeo, qui continue à regarder Tania.

– Tu penses bien que c'est pas mon salaire qui me fait vivre : avec ce qu'on me paie comme ophtalmo, j'ai même pas de quoi commencer le mois. Non, je vis de ce que mes enfants m'envoient de Miami, et puis des savons, des sacs de *malanga* ou des poulets dont mes patients me font cadeau… parce qu'il y a encore quelques personnes reconnaissantes…

Amadeo et les autres ont suivi en silence la tirade de Tania ; Eddy remue la tête comme pour dire : "Ça va être compliqué de la faire taire, maintenant." Tania s'en rend compte, elle décide de le lui faire payer et ajoute, rageusement :

– Eh oui, Eddy, tu as raison : je fais la pute ! Je rends service et je me fais payer en nature, c'est bien ça, une pute, ici, en Chine ou au Burundi, non ?

– Écoute, Tania, je…

Eddy tente de sauver les meubles mais Tania continue sur sa lancée :

– Non, non, et puisqu'on y est… Parlons de toi, mon chéri, toi, qu'est-ce que tu es… avec ton portable, ton whisky volé et ta chemise à cent dollars ? C'est avec ton salaire que tu t'es payé tout ça ?

Eddy tente à nouveau de faire de l'ironie :

– J'ai dû naître sous une bonne étoile, comme on dit… Tu sais très bien que j'en ai bavé pour avoir ce que j'ai aujourd'hui…

– Tu as vécu comme une pute. Me prends pas pour une conne, Eddy, je te connais depuis une éternité !

– Hé, lâche-moi un peu !

Eddy fait le geste de quelqu'un qui se débarrasse d'un poids sur ses épaules. Mais Tania revient à la charge :

– C'est toi qui as commencé, alors maintenant tu la fermes… Jamais tu n'es devenu ni journaliste ni écrivain, pourtant qu'est-ce que tu nous as bassinés avec ça… Non, tu es devenu un petit chef, et Dieu sait combien de culs tu as léchés, combien de saloperies tu as passées sous silence, combien de mensonges tu as dits pour en arriver là…

Pendant que Tania parle, exaltée, Eddy remue la tête pour dire non. Aldo se décide à intervenir :

– Ça suffit, Tania !

Mais Tania n'obtempère pas, elle le regarde à peine et continue :

– … et pour couronner le tout, tu dois avoir un bon compte en banque à l'étranger, histoire de, *pfuit*, pouvoir te tirer et refaire ta vie avec une de tes ex et tes filles, au cas où ça tournerait mal ici…

– Mais qu'est-ce que tu racontes ?

Cette fois, Eddy est vraiment en colère. Mais Tania insiste :

– T'as pas mis un peu d'argent de côté ? T'es pas un sale opportuniste corrompu… ?

Pendant que Tania tire une dernière salve, Eddy commence à changer d'attitude. Il rougit. Rafa, de son côté, sourit discrètement, il acquiesce puis murmure :

– Tout le pouvoir aux soviets… !

Aldo regarde Eddy et remue la tête. Amadeo se tortille sur son banc. Soudain, Eddy explose :

– C'est ce que vous pensez tous de moi, pas vrai ? – Il fait un geste qui les englobe tous.

– Hé, pas la peine de devenir parano ! lui rétorque Rafa.

– Eddy, comment tu peux dire ça ? intervient Aldo, conciliateur.

Mais Eddy est désormais incapable de se maîtriser :

– Vous passez votre vie à vous plaindre… Lui là – il pointe son doigt sur Rafa –, il a arrêté de peindre ce qu'il peignait pour dessiner des merdes à moitié abstraites qu'il vend pour quelques dollars… Amadeo, soi-disant qu'il arrive plus à écrire, qu'il a peur de ce qu'il écrivait, qu'en Espagne les nanas le comprennent pas… Et toi, Tania, toi, tu as laissé tes enfants s'en aller, tu es aigrie comme pas deux, tu es frustrée en tant que médecin, même ton cul s'est desséché et tu n'arrives même pas à trouver quelqu'un pour te sauter… Alors oui, je préfère être un enfoiré d'opportuniste !

Eddy se lève brusquement, se cogne à Amadeo qui est à côté de lui, trébuche contre la table. Les bouteilles se cassent la figure. Celle de whisky se brise, celle de soda roule par terre, Rafa attrape celle de rhum au vol… Tania reste clouée sur place, alors même qu'elle s'apprêtait à répondre.

– Je me tire d'ici, annonce Eddy en se dirigeant vers l'escalier.

– Hé, Eddy, fais pas ça ! lui crie Amadeo en se levant pour tenter de le retenir, en vain car Eddy presse le pas, suivi par Aldo qui essaie à son tour de l'empêcher de partir.

Eddy commence à descendre mais, au milieu de l'escalier, Aldo parvient à lui agripper le bras. Il fait sombre, on distingue à peine leurs visages.

– Laisse-moi partir, Aldo, lâche-moi, lui demande Eddy, fâché.

Aldo ne le lâche pas. De là où il est, c'est-à-dire une marche au-dessus de lui, il le regarde droit dans les yeux.

– Merde, mon pote, tu veux savoir pourquoi tu te retrouves dans ce genre de situation ? Parce que t'es con…

– Et con par-dessus le marché… lui répond Eddy, presque souriant, sans même regarder Aldo.

– Oui, un con, et tu sais pourquoi ? – La voix d'Aldo se fait plus dure. – Parce que tu fais chier tout le monde avec ce personnage que tu t'es créé, à jouer les cadors… Regarde-toi : tu passes ton temps à parler de tes voyages, de tout ce que tu as…

– C'est bon, Aldo, stop, fous-moi la paix…

Aldo change de ton :

– Je sais que t'es pas comme ça, mon pote, et Amadeo le sait aussi. Et Rafa, et Tania… Mais laisse-moi te dire un truc : tu t'es toujours cru plus malin que nous et…

– C'est pas vrai, c'est faux, j'ai jamais cru ça ! proteste Eddy au bord des larmes, en regardant à présent Aldo droit dans les yeux.

– Pourtant c'est ce qu'on dirait…

Eddy respire, essaie de retrouver une contenance. Il se passe même la main sur les yeux pour essuyer l'humidité. Il regarde Aldo.

– Tu as dit tout ce que tu avais sur le cœur ? Tu vas me lâcher le bras ?

Aldo libère le bras d'Eddy. Sans que plus aucun mot ne soit prononcé, ce dernier se remet à descendre l'escalier, jusqu'à être hors de vue.

7

Tania est en train de balayer les débris de verre. Amadeo fume et observe sa cigarette comme s'il s'agissait d'une chose étrange. Rafa a les yeux dans le vide. Le silence est pesant, palpable. Tous observent Aldo au moment où il revient vers eux, consterné par ce qui vient de se passer. Le silence perdure encore quelques longues secondes, jusqu'à ce qu'Aldo se décide à parler. Il est en colère et s'adresse à Tania :

– Tu y es allée trop fort.

– Il fallait bien que l'un d'entre nous lui dise ses quatre vérités. L'enflure !

Aldo la regarde, triste mais énervé.

– Tu veux qu'on te remercie en plus ?

– C'est pas moi qui ai commencé ! Il m'a dit que j'étais une…

Elle se tait car, au même instant, la porte de l'escalier s'ouvre sur Fela, la mère d'Aldo, pleine de vitalité malgré son âge.

– Qu'est-ce qui s'est passé ? demande la vieille femme en dévisageant les quatre amis, la voix douce mais autoritaire.

– Eddy a pris la mouche et il est parti, lui explique Aldo, tête basse.

– Qu'est-ce que vous lui avez fait ?

– Rien, Fela, ne t'inquiète pas… c'est des bêtises, dit Tania.

– Non, il ne serait jamais parti pour des bêtises, répond Fela.

Les amis se regardent. La perspicacité et l'insistance de Fela les ont mis en mauvaise posture. Ils ne savent pas quoi répondre, sont comme des enfants pris la main dans le sac.

– Tant pis, ne me dites rien. Mais souvenez-vous d'une chose : si, après tout ce qu'il vous est arrivé dans la vie, et si, malgré vos sales caractères, vous vous êtes supportés pendant quarante ans… est-ce que c'est bien la peine de vous disputer pour des bêtises, comme vous dites ?

– Écoute, maman…

Aldo tente de se justifier mais Fela, contrariée, le fait taire :

– Laisse-moi finir, je parle… Le plus important, c'est qu'Amadeo soit ici. L'amitié, c'est ça le plus important. C'est un privilège et… bon, j'ai fini mon discours, je retourne surveiller les haricots…

Fela fait demi-tour et s'éloigne, laissant derrière elle les quatre amis paralysés.

– Je vais descendre te donner un coup de main, lui lance Tania.

Le ciel de La Havane est couvert d'étoiles. Un silence insolite plane sur la ville. Au beau milieu de ce silence, un coup de canon est tiré depuis la forteresse de La Cabaña, pour rappeler aux habitants qu'il est neuf heures du soir.

– Les Américains ont débarqué… ? demande Rafa.

8

On entend des bruits d'assiettes et de couverts. La table basse qui était au beau milieu de la terrasse s'est transformée en vraie table pour le dîner grâce aux supports métalliques qui ont permis de la rehausser. Une toile cirée recouvre à présent la planche en bois. Le couvert a été mis. Au centre, un plat de riz blanc, un autre de *malangas* bouillies accompagnées de leur sauce, une cocotte fumante pleine de haricots noirs, une grande assiette avec des tranches de viande de porc grillée. Bières, sodas, vin rouge espagnol, rhum, glaçons. Et une corbeille avec des tranches de pain.

Les quatre amis font comme si de rien n'était, ils s'efforcent de ne pas montrer l'effet produit sur eux par la chaise vide d'Eddy. Aldo, Amadeo et Rafa sont assis autour de la table. Ils n'ont pas pu s'empêcher de goûter la nourriture déjà dans leurs assiettes tandis que Tania, debout, finit de se servir.

– Le reste, vous vous le servez vous-mêmes, je suis pas votre bonne.

– Je pensais que tu finirais le service, histoire de nous gâter un peu, plaisante Rafa.

– Ces haricots sont délicieux… – Amadeo en savoure une cuillérée. – En Espagne, ils y mettent pas de cumin… C'est des bourrins, ces Espingouins.

– C'est quoi ce que tu préfères de la nourriture, en Espagne ? veut savoir Aldo.

– Eh bien… – Amadeo réfléchit. – C'est le fait qu'on n'en manque jamais !

Tout le monde sourit. Tania finit par s'asseoir. Fela fait irruption sur la terrasse, un saladier à la main.

– Vu que personne ne venait chercher la salade…

– Merde, désolé, maman, j'avais oublié.

Aldo se lève pour récupérer le saladier mais elle l'esquive.

– Fela, tu t'es pas moquée de nous avec tes haricots ! lui lance Amadeo.

Fela pose la salade sur la table. Elle regarde Amadeo.

– Tu veux connaître mon secret ?

– Le cumin ? demande Amadeo.

– Mais non… L'huile d'olive que je rajoute à la fin. Eddy m'en avait offert un litre il y a quelque temps… Extra vierge…

Tous ont compris l'allusion de Fela.

– Tu restes manger avec nous ? lui demande Rafa, en montrant une chaise vide.

– Tu as vu l'heure ? Non, j'ai déjà mangé deux *malangas* et ça me suffit largement…

– Tu vas te coucher ? lui demande Aldo.

– Oui, dans pas longtemps… Vous débarrassez et vous faites la vaisselle. Moi, j'ai fait ma part…

Amadeo abandonne ses haricots, se lève, s'approche de la vieille femme et l'embrasse.

– C'est toi la meilleure.

– Et moi, j'espère que tu es resté le même… – Fela va se retirer mais elle ajoute, à l'intention du groupe : – Et vous, pareil. Je n'en demande pas plus… Et ne faites pas trop de bruit, pensez aux voisins…

Fela se dirige vers l'escalier et le groupe se concentre sur le repas, se laissant aller à quelques commentaires : éloges, remarques de circonstance ou sans importance.

– Qui est-ce qui a payé tout ça ? Encore Eddy ? demande Rafa.

– Non, c'est Amadeo qui a payé. Et il a ramené le vin d'Espagne… dit Aldo en levant son verre.

Tout le monde trinque et remercie Amadeo. Amadeo tend son assiette à Tania et prend un air penaud en la suppliant :

– Tania… Tu me sers encore un peu de haricots ?

Tania lui en sert deux louches et sourit, car un souvenir lui est revenu.

– Vous vous rappelez qu'au moment de la Période spéciale Xiomara avait appris à préparer des steaks d'écorce de pamplemousse ?

– C'était dégueulasse, répond Aldo, catégorique.

– Sauf que tout le monde se les enfilait, affirme Rafa.

– Vu l'alcool qu'on avalait, tout était comestible, même les steaks de Xiomara… dit Amadeo, avant de s'adresser à Aldo : – Dis donc, depuis quand tu t'intéresses aux cactus ? J'étais pas au courant.

Amadeo montre la collection de plantes.

– Psychothérapie. Pour penser à autre chose… La fabrique a fermé, Xiomara m'a plaqué, mon père est mort, plus rien n'allait, alors… tant qu'à se coltiner des épines, pourquoi pas des cactus ?

– Celui que tu m'as offert est vachement beau, commente Tania, mais…

– Tu parles qu'il est beau, répond Aldo. Ce cactus est un vrai bijou. Un *Acanthocalycium violaceum* pas du tout commun…

Aldo boit une gorgée de vin.

– Mais il a pas encore donné les fleurs dont tu m'avais parlé…

– Mets-le à l'extérieur. Il a besoin de beaucoup de soleil. Je te l'ai déjà expliqué… Un de ces jours, il va te surprendre, dit Aldo en buvant encore un coup pour s'éclaircir la voix. Ses frères sont là… Regarde celui-là…

Aldo se dirige vers l'étagère et en rapporte un tout petit cactus, plutôt rond, avec des épines très blanches et deux fleurs violettes d'une forme et d'une beauté singulières.

Rafa ne peut s'empêcher de se moquer :

– Comment tu as dit qu'il s'appelait ? *Accattone*…

Aldo garde son sérieux :

– *Acanthocalycium*… Il y en a douze espèces. Ils viennent des montagnes argentines. Son nom vulgaire est… *Acanthocalycium*…

– Le mien, je l'ai appelé Pepe, lance Tania avec un sourire des plus sincères.

Aldo sourit à son tour et contemple le cactus, qui est à présent posé sur la table, au milieu des plats et des marmites :

– C'était une période merdique, vraiment merdique, du genre où tu te demandes par où le soleil va se lever.

Tania est sur le point de dire quelque chose mais Rafa lui serre le bras discrètement, sous la table, pour la faire taire. Amadeo observe son ami tout en continuant à manger. Aldo poursuit :

– Xiomara m'a dit qu'elle ne me supportait plus et elle s'est barrée. Elle n'a rien emporté. Même pas Yoenis... parce qu'il n'a pas voulu partir, lui. Mais ça m'a fait l'effet d'une bombe : on n'avait pas un rond, on était en train de se disputer, comme presque tous les jours, et là, elle m'a dit qu'elle partait. Quand je lui ai demandé pourquoi, elle s'est mise à hurler que j'étais un raté, un pauvre con, que j'étais aveugle, que je voyais même pas qu'on était en train de crever de faim, que je croyais toujours que ça allait s'arranger mais qu'elle, elle n'avait aucune intention d'attendre que ça s'arrange, ou en tout cas pas à mes côtés... dit Aldo tandis que les autres restent en silence quelques secondes, se regardent entre eux ou fixent le cactus en fleurs. – Le pire, c'est qu'elle avait raison, conclut Aldo, souriant tristement.

– Elle est toujours avec son Italien ? s'enquiert Amadeo.

Aldo remue la nourriture dans son assiette avant de parler :

– Oui, le mec a au moins deux mille ans... mais c'est pas un raté, ça non, il a de l'argent, il lui achète des tas de choses et il lui remplit l'estomac...

– Le vieux Gepetto lui remplit l'estomac... à défaut de lui remplir autre chose... dit Tania.

– Hé ! T'as fait des réserves de venin ! Heureusement que c'est ta copine, Xiomara... dit Rafa en se touchant le poignet, à l'endroit où Tania porte son bracelet rituel.

Elle ne lui répond pas et s'adresse à Aldo avec tendresse :

– Mais au moins tu as Yoenis.

– Et même quelques espèces de staphylocoques, dit Rafa en montrant le cactus.

Tania et Amadeo sourient. Aldo également.

Aldo se remet à manger. Les autres restent silencieux quelques instants, mais leurs visages portent la trace de leurs derniers sourires.

Soudain une porte s'ouvre. Eddy fait son apparition. Il a encore un sac en plastique à la main. Personne ne dit rien en le voyant.

Eddy s'approche, pose sur la table deux bouteilles de whisky et un paquet grand format de café Lavazza. Les autres se poussent pour lui faire de la place autour de la table. Eddy s'installe.

– Tes haricots, tu les veux seuls d'abord, ou par-dessus ton riz ? demande Tania, une assiette à la main. Tout le monde fait comme s'il ne s'était rien passé, comme si Eddy était simplement allé chercher quelques provisions.

– Tu sais bien que je les aime sans rien. Comme l'autre con, répond Eddy en montrant Amadeo avec son menton.

Aldo retire le cactus de la table pour éviter que ses fleurs ne s'abîment. La délicatesse qu'il y met ressemble à de l'amour. Il s'est levé pour remettre la plante sur l'étagère et, à cet instant, il constate que les lumières du stade sont éteintes.

– Eddy, tu connais le score ?

– Pour une fois, ces cons d'Industriales ont gagné. Six-deux…

– Tant mieux, soupire Rafa.

– Hé, on pourrait aller au stade, demain ? demande Amadeo avec enthousiasme, tandis qu'Aldo repose le cactus à sa place.

– Si tu veux… Je t'accompagne… propose Eddy. Tu te souviens du jour où Marquetti a frappé ce *home run* et qu'on a gagné le championnat ?

– La série de 1986, précise Rafa.

– Mec, comment tu peux imaginer que j'aie oublié un truc pareil ? dit Amadeo, ravi.

Aldo retourne s'asseoir. Ils sont de nouveau tous assis, en train de manger et de boire en discutant.

– On se retrouve ici à sept heures ? propose Aldo.

– J'y vais aussi, annonce Tania, catégorique, avant d'ajouter non sans sarcasme : – Maintenant, faut voir si Karelia laissera Rafa sortir. Deux nuits d'affilée avec ses vieux potes… !

– Dis, laisse ma femme tranquille. Moi, je fais ce que je veux…

– D'accoooooord… ironise Aldo. Vous savez quoi ? Faut qu'on aille aussi à la plage…

– Hé, n'oubliez pas que je bosse, moi… précise Eddy.

– Ça en fait au moins un qui bosse dans ce pays. Fallait que ça tombe sur lui ! s'écrie Amadeo.

Et ils se mettent tous à faire des projets, dans la bonne humeur générale.

9

Les cinq amis sont en train de manger quand débarquent Yoenis, le fils d'Aldo, et sa fiancée Leidiana, toute de noir vêtue, dans le style gothique : T-shirt à l'effigie de Dracula, pantalon moulant. Ils sont jeunes, ont dans les vingt ans. Il est métis, beaucoup plus clair que son père ; elle est blanche.

Eddy est le premier à s'en rendre compte :

– Regardez-moi qui est là !

Tous sourient. Leidiana, derrière Yoenis, observe les amis d'un air grave et à distance, comme s'ils étaient les insectes d'un étrange fléau. Yoenis donne une tape dans le dos de son père.

– Ça roule, papa ?

Puis il s'approche de Tania et l'embrasse.

– Comment ça va, mon petit ? lui demande-t-elle en lui caressant le visage avec une tendresse évidente.

– On fait aller, tata, on fait aller…

Yoenis continue son tour de table, il serre la main de Rafa puis embrasse Eddy, arrive enfin à hauteur d'Amadeo, qui l'attend debout. Amadeo s'avance pour le serrer dans ses bras mais le jeune homme lui tend la main. Aldo observe la scène attentivement.

– Putain, petit, quand je pense que t'étais pas plus haut que ça quand je suis parti. – Il fait un geste pour indiquer la taille d'un enfant, puis regarde Leidiana. – Excuse-moi.

Leidiana hausse les épaules. Peu lui importe ce qu'on lui dit. Yoenis a l'air de pas mal s'en ficher lui aussi.

– C'est ma copine. Elle s'appelle Leidiana…

– Elle est de la famille de Lady D ? lâche Rafa.

Tous sourient, sauf la jeune fille. Yoenis regarde la table avec gourmandise, mais il se retient. Il parle à Amadeo.

– Je me souvenais de toi. Mais dans mon souvenir tu étais plus grand…

– Il a un peu rapetissé… à cause du froid… et de l'âge, dit Eddy.

– Tu te souvenais vraiment de moi ? demande Amadeo, content. Tu devais avoir dans les cinq ans au moment où je suis parti…

– En fait, je sais pas si je me souviens ou si c'est qu'on parlait souvent de toi ici… Une chose que j'ai pas oubliée, c'est quand Ángela et toi, vous m'avez emmené dans un hôtel de Varadero…

Tous écoutent attentivement son récit, y compris la distante Leidiana.

– J'avais gagné un prix de la meilleure nouvelle ! Mais tu avais trois ans à l'époque ! C'est bien ça, Aldo ?

Aldo lui répond, nostalgique et fier :

– Oui, plus ou moins. Autour de quatre ans…

Yoenis continue :

– À l'hôtel, il y avait pas un jeu vidéo avec une course de voitures ? Genre PlayStation… ?

Amadeo sourit et se tourne vers le groupe. Il est heureux, étonné.

– Ce petit con ne voulait même pas se baigner dans la mer, il passait tout son temps à jouer sur ce bidule… qui coûtait un peso toutes les dix minutes. Il a failli me ruiner.

Tout le monde sourit, y compris Leidiana, qui ne décolle pas les yeux de la table.

Aldo s'adresse aux deux jeunes :

– Vous avez mangé ?

– On crève la dalle, avoue Yoenis.

– Asseyez-vous sur le banc, leur dit Aldo.

Les convives se serrent pour leur laisser de la place. Yoenis pousse un peu le banc, le cale avec un parpaing, attrape deux assiettes ; Leidiana et lui commencent à se servir plus que généreusement et, sans dire un mot, se mettent à mâcher, à avaler, sans grande délicatesse. Les autres les observent, ébahis. Aldo remue la tête, mais il sourit.

– Dites rien. On était bien pires… se souvient Rafa.

Amadeo sourit.

– Au fait, Yoenis, je t'ai rapporté un petit cadeau…

Yoenis lève le nez de son assiette. En entendant le mot "cadeau", sa copine se montre enfin intéressée.

– C'est pas grand-chose… J'espère que ça te plaira, dit Amadeo en se levant pour aller chercher le cadeau rangé dans un sac en papier, dans un coin de la terrasse.

Tous attendent son retour. Y compris Leidiana, qui s'est enfin arrêtée de manger.

Amadeo revient et tend le sac à Yoenis. Le jeune homme l'ouvre en silence, en sort un paquet, l'ouvre à son tour et en sort un polo Lacoste.

Leidiana semble satisfaite du cadeau et se remet à manger. Yoenis observe attentivement le polo, il a l'air content lui aussi. Pendant ce temps, Eddy a sorti son téléphone portable, il vise Yoenis en train d'exhiber son polo Lacoste.

– Regarde par ici, petit.

Yoenis le regarde en souriant et un flash se déclenche au moment où Eddy prend la photo.

– Il est classe ! Merci, Amadeo. Tu assures…

Yoenis plie soigneusement le polo.

Eddy profite de cette bonne ambiance pour prendre quelques photos supplémentaires et tenter d'avoir le groupe au complet.

Amadeo se lève pour aller chercher un peu de glace. Au moment où il passe à côté d'Eddy, ce dernier lui glisse à voix basse :

– C'est un beau cadeau, mais je te parie que ce soir même il va le revendre.

– Arrête tes conneries, Eddy.

– Je le connais, l'animal.

Pendant ce temps, Rafa fait quelques commentaires, à voix haute cette fois :

– Mon Lacoste, je l'ai payé vingt dollars… Il est aussi faux que les dents de mon grand-père…

– Eh ben moi… ni pour de vrai ni pour de faux… admet Aldo. J'ai jamais vu les dents de ce crocodile…

Quand j'avais son âge – il avance le menton en direction de son fils –, j'aurais tout donné pour avoir un jean et un T-shirt comme ça…

– Pauvre mais digne, tel est le prolétaire… lance Eddy, à la fois railleur et triste.

Ses amis en rajoutent en évoquant ce dont ils ont manqué par le passé. Mais Yoenis ne semble guère partager cette émotion. Il a continué à manger et, après avoir avalé encore deux ou trois cuillérées, il s'adresse à Aldo, comme s'il avait un doute :

– Papa, c'est ça, la fête que vous deviez organiser aujourd'hui ?

Aldo sourit, les autres attendent sa réponse.

– Oui, c'est une fête… Je te le jure, sur la tête de ta mère…

Les quatre amis rigolent.

– Et vous avez pas invité maman ? Elle aurait bien aimé venir.

– J'en suis pas sûr, murmure Aldo.

– Moi, je suis sûr qu'elle aurait aimé voir Amadeo.

– Ne t'inquiète pas. Elle aura le temps de le voir parce qu'il va rester à Cuba, dit Aldo.

Leidiana se fige, la cuillère devant sa bouche, comme si elle avait reçu une décharge électrique. Elle regarde Amadeo abasourdie. Yoenis non plus n'en revient pas.

– Il va rester ici ? demande le jeune homme.

– Ben, ouais, répond Amadeo.

Amadeo sourit et se sert deux doigts de whisky.

– Bah, vous déconnez… dit Yoenis avant de se remettre à manger.

Mais Amadeo fait oui de la tête et Yoenis commence à le prendre au sérieux.

– Tu vas rentrer pour de bon… ? Pourquoi ? demande-t-il en regardant Amadeo comme s'il s'agissait d'une créature étrange.

– Et pourquoi pas ? – La réponse d'Amadeo ne semble pas convaincre Yoenis, qui fait la grimace. Amadeo se sent forcé d'en dire plus, il réfléchit un instant avant d'ajouter : – Bon… Je vais rester… parce que je suis d'ici… non ? – Il sent bien que Yoenis n'est toujours pas convaincu. – Je sais que c'est difficile à croire, petit. Le problème, c'est que j'ai envie de rester…

Alors, sans lui laisser le temps de finir, Yoenis se met à parler :

– Eh bien moi, je veux partir.

– Dis, Yoenis, on va pas parler de ça aujourd'hui, le supplie Aldo, gêné.

– Écoute, papa, tout le monde sait que je veux me tirer… C'est pas un secret…

– Calme-toi, Yoenis, insiste Aldo.

Laisse le parler, Aldo.

– Pas la peine, j'ai dit ce que j'avais à dire.

Yoenis se concentre à nouveau sur le repas. Tania lui parle :

– Tout ce que je peux te dire, c'est de bien y réfléchir, mon petit. Ici, tu n'es pas seul, tu as ta grand-mère, tu as tes parents. Ils… ils… – Tania hésite, elle ne trouve pas le mot juste, puis finit par dire : – Ils te protègent…

– Ouais, c'est ça, je suis super protégé ! Ma mère s'est bien débrouillée, elle s'est barrée de la maison ; mon père galère du matin au soir… Moi, je dois me pieuter sur le canapé du salon si je veux pas dormir avec ma grand-mère.

Aldo remue la tête mais ne le contredit pas. Il a l'air abattu. Amadeo essaie de remettre de l'ordre dans la conversation :

– Mettons que tu t'en ailles… Tu fais des études ?

– Il en fiche pas une ramée ! Il a arrêté ses études mais c'est pas pour autant qu'il travaille… explique Aldo, mécontent.

Yoenis avale sa bouchée et dit :

– Ici, pour travailler, faut avoir des combines. Vu les salaires de merde… faut être fou…

– Je suis pas folle, moi, lui rétorque Tania.

– Ah, bon ? lui lance Yoenis, non sans ironie.

Eddy éclate de rire, Tania lui jette un regard glaçant. Eddy, sans cesser de rire, retourne s'asseoir.

Yoenis finit de manger et repousse son assiette sur la table. Leidiana, qui continue à engloutir, approche son visage de celui de son petit ami et lui murmure quelque chose que nous n'entendons pas. Yoenis sourit et annonce :

– Bon, nous, on se casse. Papa, j'ai pas un rond… Tu me files un peu de thune ?

Aldo met sa main dans sa poche et en sort quelques billets, qu'il donne à son fils. Yoenis prend l'argent, se lève et embrasse son père. Leidiana, sans cesser de manger, se sert un demi-verre de whisky et en avale une bonne lampée.

– Hé ben dis donc !

Rafa n'a pas pu se retenir.

Les autres sourient.

10

On entend du reggaeton : la musique vient d'ailleurs, de la rue, remonte jusqu'à la terrasse et constitue le fond sonore de la conversation ; elle ne couvre pas le dialogue mais le suit sur un rythme agressif et persistant.

Les amis ont fini de manger. Yoenis et Leidiana sont repartis. Il manque Aldo et Eddy, qui sont en train de faire la vaisselle du dîner. Tania, Rafa et Amadeo discutent tout en ramassant ce qui est resté sur la table.

– Non mais vous l'avez vue engloutir la bouffe et le whisky, la Lady D ? – Rafa n'en revient toujours pas.

– La noblesse anglaise a bien changé, répond Amadeo.

– Je suis peut-être un vieux… poursuit Rafa.

– Oui, un vieux con, confirme Tania.

– OK, je suis un vieux con… admet Rafa. N'empêche que je me demande : comment elle fait, Lady D, pour rentrer dans son froc ?

Amadeo est songeur :

– Je comprends pas. Quand j'ai demandé à Aldo des nouvelles de Yoenis, il m'a dit qu'il allait bien… – Il fait un geste énervé vers l'endroit d'où vient la musique. – Ils vont nous faire chier longtemps avec leur musique à la con ?

Rafa se moque :

– Aussi longtemps qu'il leur plaira. On est à Cuba, mon pote !

Tania répond à Amadeo :

– Yoenis a travaillé pendant six mois dans la réserve d'un hôtel. C'est Eddy qui lui avait trouvé ce boulot… Mais, entre Yoenis et son chef, ils s'en sont mis tellement plein les poches qu'Eddy a dû mettre le holà avant que le petit se fasse arrêter…

– Et Aldo, qu'est-ce qu'il en dit ? demande Amadeo à voix basse. Il étudie pas, il travaille pas…

– N'aborde surtout pas le sujet. Ils enragent, Fela et lui, de voir le petit glander à longueur de journée… Il est pas méchant, Yoenis… Disons qu'il y a pire…

– Mais Aldo lui donne de l'argent, dit Amadeo.

– Et Xiomara aussi, ajoute Tania.

Rafa est sur le point de dire quelque chose mais il se ravise. Il hésite. Il finit par se lancer :

– Le problème, c'est que Yoenis n'a qu'une envie : se tirer d'ici. C'est pour ça qu'Aldo et Xiomara lui donnent de l'argent et le laissent faire tout ce qu'il veut : pour qu'il se tienne plus ou moins à carreau et qu'il aille pas prendre la mer sur un radeau. C'est comme s'ils achetaient la vie de leurs enfants, je sais pas…

À cet instant, le reggaeton s'arrête. Les visages d'Amadeo, de Tania et de Rafa expriment un mélange de joie et de soulagement. Ils profitent un peu du silence. Mais, au moment où Amadeo se décide à parler, la musique reprend, au même volume.

– Ils se sont bien foutus de ta gueule, Amadeo ! se moque Rafa, qui se lève et va se servir un autre verre de soda.

Arrivent Aldo et Eddy. Aldo a l'air inquiet, peut-être à cause de l'attitude de son fils. Il soupire et tente de s'expliquer.

– Qu'est-ce que vous dites de ça ?

Amadeo, comprenant sa tristesse, lui pose une main sur la jambe en signe de solidarité. Aldo rejette cette marque de tendresse et repousse sa main.

– Pas la peine d'en faire un drame, mon vieux, dit Amadeo en essayant, sans grande conviction, de minimiser l'affaire. Les gamins d'aujourd'hui sont les mêmes partout, ici, en Espagne, aux États-Unis…

– Sauf qu'ici, on nous avait promis autre chose, non ? réplique Aldo.

Un silence profond s'installe. C'est Rafa qui finit par briser la glace :

– Le problème, Aldo, et on en revient toujours au même sujet, c'est qu'à l'époque on y croyait… Maintenant, on sait qu'on est foutus… Même toi, qui as toujours été le croyant numéro un de ce quartier…

– Fous-moi la paix, et puis évite de parler à ma place…

– D'accord, d'accord… Mais tu sais très bien que je dis la vérité.

– Tu parles encore à ma place. Écoute bien ce que j'ai à te dire : j'ai besoin de croire en quelque chose, sinon je me passe la corde au cou et basta.

Eddy intervient, pose une main sur l'épaule d'Aldo.

– Alors continue à croire. Tu as toujours été comme ça… C'est parce que tu y croyais que tu es parti faire la guerre en Angola, alors que tu aurais pu prendre la tangente. Mais non, tu y croyais, tu étais persuadé qu'il fallait y être.

– Oui, et alors ? J'en suis toujours persuadé.

– Heureusement que tu en es revenu pour tout raconter… répond Rafa qui ajoute, après y avoir réfléchi quelques instants : – Quoique… tu nous as jamais rien dit sur l'Angola.

– J'ai rien à en dire, lui rétorque Aldo sèchement.

Tania fait tout pour montrer de l'empathie à son égard :

– Tu es sûr de ça ? Des fois…

Aldo se raidit :

– Arrêtez de me faire chier. J'ai rien à raconter. Je suis allé en Angola, comme des tas de gens, basta… Un point c'est tout ! J'ai fait la guerre, j'y ai vu ce qu'on voit dans toutes les guerres… Mais je continue à penser que cette guerre était juste. Que ça vous plaise ou non, et même si on est dans la merde aujourd'hui… Laissez-moi au moins continuer à croire en quelque chose !

Personne n'ose le contredire. Aldo médite un instant et poursuit. Il est au bord des larmes :

– Je me dis que ça fait tellement d'années qu'on est dans la merde qu'il va bien falloir que ça aille mieux. Je veux croire que mon fils va trouver sa voie, qu'on mérite de vivre un peu mieux après tout ce qu'on a enduré… Pas besoin que tout le monde s'en aille… Pas besoin que toutes les familles partent en couille…

Ses amis gardent le silence, ils respectent la douleur d'Aldo. Seul Eddy ne parvient pas à se maîtriser :

– Putain, Aldo, fais pas chier… Regardez autour de vous, regardez bien et prenez une photo… Dans pas longtemps, toute cette merde va partir au fond du trou… – Eddy est bouleversé. – Et toi, Aldo, pendant que tout partira en couille… tu sera le dernier croyant !

Aldo semble ne pas l'écouter, perdu dans ses pensées, il doute, il a mal. Il se décide enfin à parler :

– Je ne suis pas con à ce point… – Il fait une pause. – Quand je suis rentré d'Angola, des bruits ont commencé à courir : comme quoi des hauts responsables auraient fait du trafic d'ivoire et de diamants, ils auraient eu deux ou trois femmes, ils auraient envoyé du bois précieux à Cuba pour se faire construire des maisons… Et là, j'ai vraiment eu l'impression que ça commençait à déconner pour de bon…

– Et après ça, tu as continué à croire de la même façon ? lui demande Rafa.

– Non, pas de la même façon. Plus rien n'a été pareil. – Il fait un signe à l'intention d'Eddy. – Fini la crédulité bienheureuse… – Aldo marque une nouvelle pause, regarde ses mains abîmées par l'acide. – Il y a autre chose que je ne vous ai jamais raconté, c'est ce que mon père m'a dit deux ou trois jours avant de mourir… Il n'avait plus que la peau sur les os, le pauvre… Il m'a dit… Il m'a dit qu'il allait emporter sa souffrance dans la tombe. Moi, je pensais qu'il parlait de son cancer, alors je lui ai répondu que j'allais voir s'il y avait moyen qu'on lui augmente un peu les doses de morphine… Mais il m'a dit que non, qu'il voulait parler d'une autre souffrance, et il s'est touché la poitrine, ou ce qui lui restait de poitrine… Il m'a dit qu'il souffrait de ne pas savoir s'il s'était trompé… ou si on lui avait menti, ce qui était pire.

Les quatre autres restent silencieux.

– Moi, je lui ai dit d'oublier cette souffrance… Qu'il ne s'était pas trompé. Que lui, en tout cas, il ne s'était pas trompé, conclut Aldo, la voix lourde de chagrin.

– Ton père a toujours été quelqu'un d'exceptionnel. Un vrai croyant… affirme Eddy.

Aldo réagit, en colère cette fois :

– Vous l'imaginez maintenant, le vieux, en train d'écouter Yoenis ?

Rafa regarde Aldo et lui répond sans détour :

– Le vieux a cru en ce qu'il devait croire… Mais Yoenis, c'est une autre histoire…

Tania soupire :

– Vous savez comment ils nous appellent ?

Eddy fait un geste pour englober le groupe d'amis :

– Nous ?

– Non, nous… – D'un geste de la main, Tania élargit le cercle. – La génération des PA… Des parents abandonnés…

Les quatre autres réfléchissent à ce que Tania vient de dire quand, soudain, survient une coupure d'électricité. Tout est plongé dans le noir. La musique s'arrête.

Eddy hurle, hors de lui :

– Manquait plus que ça, bordel !

La scène continue quelques secondes dans l'obscurité la plus totale. Outre la pénombre, c'est le silence qui change le décor.

– Quel soulagement ! soupire Amadeo.

– Enfin débarrassés de ce putain de reggaeton. Je crois que c'est la première fois en cinquante ans de coupures que je suis content que l'électricité soit partie… Vous croyez que je suis devenue vieille ?

On entend alors une petite voix flûtée :

– Cinquante-deux…

Nouveau silence… Jusqu'à ce qu'Eddy puis les autres ne puissent plus se retenir et éclatent de rire.

11

Les cinq amis sont à nouveau assis autour de la table. Quelques bougies éparses constituent la seule source de lumière. Les personnages ont l'air un peu fatigués après toutes ces heures à boire et à discuter. Surtout que les conversations ont parfois été tendues. Voilà pourquoi, à présent, ils parlent sans se couper la parole, sur un ton moins exalté, avec de temps en temps un bâillement.

Rafa est en train de parler, les autres l'écoutent.

– … et c'est la dernière fois que j'ai fait une expo. Il y a même eu un article dans le journal…

– Et c'était quand ? demande Amadeo.

– L'an dernier… Une expo merdique, dans une galerie merdique… mais, grâce à Karelia, des tas de gens sont venus la voir et j'ai vendu presque tous les tableaux.

– Tu as eu de la chance de rencontrer Karelia, dit Amadeo.

– Oui, c'est mon Jesús à moi…

Tania intervient :

– Sinon, il serait déjà mort. L'alcool l'aurait tué… Si tu l'avais vu à l'époque…

Rafa acquiesce.

– L'exposition à laquelle je devais participer à Paris en 94, celle-là, par contre, elle valait le coup. Je me suis démerdé tout seul, et pourtant c'était la pire époque ici. J'ai bossé comme un dingue pour peindre les tableaux que je voulais y amener, je crois que, de toute ma putain de vie, c'est ce que j'ai peint de mieux…

– Je confirme, dit Aldo.

Il se lève, se dirige vers l'escalier, descend jusqu'à ce qu'on le perde de vue.

– Et qu'est-ce qu'ils t'ont dit ? demande Amadeo, visiblement intéressé même s'il essaie d'avoir l'air détaché.

– Rien… C'est ça, le pire. Le commissaire avait fait sa sélection et j'y étais pas…

Rafa fait une grimace de lassitude et se tait.

– Et tu lui as parlé, j'imagine, au commissaire ? insiste Amadeo.

Rafa réfléchit un instant avant de répondre :

– Non. Je savais pertinemment que c'était pas la faute du commissaire, il adorait ce que je peignais. Quelqu'un de plus haut placé n'avait pas envie de moi dans cette exposition… Peut-être par jalousie, ou pour placer quelqu'un d'autre… Toujours pareil. Quand ils ont appris qu'une galerie parisienne s'intéressait à mon travail…

Aldo revient avec un tableau entre les mains. C'est une toile de 1,50 x 2 mètres. Il la pose contre le mur de la terrasse. Elle se superpose à la ville plongée dans le noir. Un trou noir sur fond noir. Aldo approche une lampe à dynamo, mais on a du mal à distinguer ce que représente cet empâtement de tons obscurs. On devine néanmoins une ville plongée dans la pénombre, en ruine, comme la ville sombre qui les entoure en ce moment même.

– Oui, je l'avais déjà vu, se souvient Amadeo. Tu l'avais peint avant que je m'en aille… Il est très bon.

– Mais pourquoi t'as pas continué à peindre comme ça ? demande Eddy.

– Ils m'en ont fait passer l'envie… – Rafa tente de répondre à la question, ou peut-être à ses propres questions. – Je me suis tapé une déprime, je te dis pas, je me suis mis à picoler, tous les jours, je vous voyais presque plus, ma femme ne me supportait plus, même moi je ne me supportais plus…

Amadeo fait non de la tête. Il le comprend parfaitement.

– Et la nana de la galerie parisienne ?

Rafa remue la tête, presque souriant, le regard dans le vide.

– Elle s'est tuée… dans un accident.

– Merde ! Ça ressemble à une putain de tragédie grecque, commente Amadeo. Tout ça, c'était en 94 ?

– Oui, un peu après ton départ… précisément. – Rafa insiste sur ce dernier mot. – L'année la plus noire de ma vie… – Rafa boit un peu de soda, comme s'il savourait une gorgée de rhum. – Mais j'ai pas jeté l'éponge… J'avais pas envie qu'ils aient ma peau… J'ai peint, je crois que j'ai jamais peint aussi bien… Et puis après, tout s'est effondré. Plus aucune galerie ne voulait m'exposer… Je me suis mis à boire, les gens me fuyaient. Plus jamais personne ne m'a appelé pour une exposition importante, ni ici ni à l'étranger… Même les maisons d'édition ne voulaient plus de moi pour leur dessiner des couvertures ! J'ai touché le fond, je buvais comme un trou. Je n'avais qu'une envie, c'était mourir.

– Et tu as failli y parvenir… signale Tania.

Rafa hoche la tête. Il soupire.

– Après, quand j'ai commencé à sortir avec Karelia, elle m'a emmené chez un médecin et j'ai réussi à arrêter de boire. Elle m'a aussi emmené chez un *babalao…* – il poursuit et, cette fois, regarde Tania – dans l'espoir qu'on me donnerait un coup de main depuis l'au-delà, mais le gars ne m'a pas vraiment convaincu… C'était pas la sorcellerie africaine qui allait me tirer de ce mauvais pas. Bref, quand j'ai pu recommencer à peindre, c'était comme si mon univers avait changé. Je me suis mis à faire des taches sur la toile, comme ça, sans trop réfléchir, mais de toutes les couleurs.

– L'abstraction tropicale, commente Eddy.

– Et depuis, je continue… Le pire, c'est que ça se vend. Pas très cher, mais ça se vend… – Rafa sourit amèrement.

– Au moins tu peux peindre. Ne te plains pas, dit Tania tout aussi amèrement.

– C'est pas ce que j'appelle peindre. Je fais des taches sur des toiles… pour gagner de l'argent… comme une pute.

– Dis pas n'importe quoi. Si les gens te paient, c'est parce que ça leur plaît, dit Eddy.

– Et si tu sais pas quoi en faire, tu m'en offres un autre… Attends une seconde… dit Aldo.

Une bougie vient d'achever de se consumer. La lumière faiblit un peu plus. Aldo a quelques batteries connectées en réseau dans un coin de la terrasse, il se lève, s'affaire pour y brancher un câble relié à deux ampoules. Pendant ce temps, Rafa se remet à parler, il hausse un peu le ton pour qu'Aldo l'entende :

– T'imagines pas à quel point ça me fait mal de savoir que ton fils veut partir, mais je peux le comprendre. Ils n'ont plus aucune illusion, on leur farcit la tête de je sais pas quoi mais ils en ont marre de n'aspirer à rien…

À cet instant, les ampoules s'allument ; grâce aux batteries, la lumière ambiante retrouve un niveau presque normal. Ils gardent tout de même les bougies allumées. Puis Rafa s'adresse à Amadeo :

– Ce que j'ai jamais compris, c'est pourquoi tu t'es barré comme ça… Tu bossais avec la compagnie de théâtre, tu écrivais, dès qu'il y avait du papier tu te faisais publier…

Eddy intervient :

– C'est vrai, ça. En plus, à l'époque, tu pouvais sortir de Cuba et revenir sans problème… Vraiment, Amadeo, qu'est-ce qui t'a pris de partir ? Regarde-moi…

Amadeo coupe court à leurs questions et hausse le ton :

– Je suis parti parce que j'avais peur.

Rafa acquiesce. Tania regarde par terre. Eddy ne comprend pas, il a même l'air agacé et demande :

– De quoi tu parles, mec ? De quelle peur ?

– La même peur qui a rendu Rafa alcoolique. La peur qui l'a empêché de peindre comme avant. La peur qui t'a fait arrêter d'écrire, Eddy… La peur…

– Non, moi c'est différent… se défend Eddy, qui durant tout ce temps a secoué la tête pour signifier qu'il n'était pas d'accord. Moi, je ne serais jamais devenu écrivain.

– Tu aurais pu être le meilleur de tous, et tu le sais très bien, lui dit Amadeo. Mais tu as eu peur de ce que tu avais dans le crâne, pareil que lui… – Amadeo désigne Rafa. – Pareil que moi…

– Pareil que moi, lâche Tania. C'est pour ça que j'ai laissé mes enfants partir.

Aldo regarde ses amis. Son visage exprime une grande tristesse. Voilà où ils en sont, semble-t-il se dire. Une génération de vaincus. Minés par la dispersion, la frustration, la peur.

Eddy a cessé de secouer la tête. Il regarde Tania puis les autres. Il s'adresse finalement à Amadeo :

– OK. Peut-être que tu as raison. Je suis pas très sûr… Mais je me suis pas tiré, moi. J'ai fait face… Moi, je me suis dit : mon cul ! Si je peux pas écrire, au moins je vais vivre, et je vais vivre bien ! – Eddy marque une pause. – Alors j'ai commencé à dire oui à tout…

– Tais-toi, Eddy.

C'est une prière ou un ordre que vient de lui adresser Aldo. Écouter encore une terrible confession semble être au-dessus de ses forces. Mais Eddy ne peut pas s'arrêter. Il est exalté, porté par le flot de ses pensées, qui s'expriment enfin :

– Parce que c'était bien ça que tout le monde voulait, que je dise oui, qu'on dise toujours oui, qu'on lève la main en signe d'approbation… Regardez-moi maintenant. Je ne suis jamais devenu écrivain mais j'ai voyagé dans plein de pays, quand les gens crevaient de faim en 94, moi je mangeais tous les jours et je passais mon temps en bagnole, de la bagnole à l'avion, de l'avion à l'hôtel… Tout ça c'est de la merde ? Je suis une merde ? Je les ai laissés faire de moi une merde ? Vous avisez pas de me dire un truc pareil ou je…

– Ta gueule, Eddy, ça suffit ! lance Aldo à présent péremptoire. Ferme ta gueule !

Eddy le regarde droit dans les yeux. Ses pupilles sont humides. Il se tait, les autres respectent son silence. Rafa tente de faire redescendre la pression :

– Tu as trop bu, Eddy, mon pote.

– Non, Rafa, j'ai les idées parfaitement claires… Tellement claires que je sais même pas ce que je vais faire demain…

Amadeo ne comprend pas, les autres non plus.

– Qu'est-ce que tu racontes, Eddy ? demande Amadeo.

Eddy observe ses amis, il observe la cigarette qu'il est en train de fumer :

– Il y a une enquête en cours dans ma boîte… et ça risque de mal tourner. Ils ont déjà arrêté deux comptables.

Les autres sont surpris, Aldo réagit :

– Et toi, tu as quelque chose à voir avec ça… ?

– Oui et non… ça dépend.

– Oui ou non, Eddy ? insiste Tania.

Eddy réfléchit avant de répondre :

– J'ai pris mes précautions, mais quand ils veulent ta peau, ils savent comment faire… Ici, tout le monde a les mains sales…

– Et qu'est-ce que tu vas faire ? demande Aldo.

Eddy a un petit rire nerveux :

– Qu'est-ce que tu veux que je fasse ? Attendre…

Tous le regardent d'un air inquiet. On sent dans leurs regards la grande amitié qui les a réunis à nouveau.

Aldo se lève soudain et s'avance vers Eddy. Il le prend dans ses bras et lui dit tendrement, presque en murmurant :

– Il va rien se passer, fais-moi confiance, il peut rien se passer de pire… On est immunisés… On est des survivants… Et on va survivre…

12

L'électricité est revenue dans le quartier. Sur la terrasse, ils écoutent à présent Bola de Nieve, qui chante tout bas *Vete de mí.*

Tout au fond, Amadeo et Tania discutent, appuyés contre le muret face à la mer. Au premier plan, autour de la table, Aldo et Rafa discutent également. Eddy est en conversation sur son portable, on entend à peine ce qu'il dit.

– Tu as vu l'heure… ? – Il marque une pause. – On en reparle demain au bureau… Et bonne nuit ! – Il soupire, raccroche et ajoute en aparté, résigné : – Demain sera un autre jour…

Amadeo et Tania sont toujours appuyés contre le même muret face à la mer, tout près des carcasses de batteries et du balai posé à là suite de l'épisode de la bouteille cassée par Eddy. Le Malecón est presque désert. Très peu de voitures roulent le long de l'avenue, signe qu'il est très très tard dans la nuit.

Amadeo regarde vers la mer et demande à Tania :

– Tu crois vraiment qu'Eddy a mis du fric de côté à l'étranger ?

– Venant de lui et de tous ceux qui sont comme lui, je m'attends à tout. Bon, en fait je sais pas trop…

– Qu'est-ce qu'il peut lui arriver, d'après toi ? Ils peuvent l'arrêter ?

– J'en sais rien… Va savoir dans quoi il est allé se fourrer…

Pour la première fois, Tania a l'air vraiment préoccupée par le sort de leur ami. Cette manifestation d'empathie incite Amadeo à parler :

– J'ai beaucoup pensé à toi quand j'ai appris que tes enfants étaient partis.

– Ça fait dix ans. Presque des hommes, maintenant… Ou carrément des hommes… rectifie-t-elle calmement malgré la douleur qu'elle éprouve chaque fois qu'elle aborde le sujet. Tania jette le mégot de sa cigarette et se racle la gorge. – Quand mon ex a décidé de partir et qu'il m'a demandé l'autorisation d'emmener les enfants, je peux te dire que j'ai pas hésité une seconde, j'ai refusé, je lui ai dit qu'il était malade de me demander un truc pareil…

Amadeo est sur le point de dire quelque chose mais il se retient. Après un instant de pause, Tania se remet à parler, tout en faisant non de la tête :

– Mais après, une fois toute seule, j'ai réfléchi, j'ai pesé le pour et le contre. Et c'était pas si clair… – Elle continue à faire non de la tête puis regarde Amadeo. – Si Ángela avait été en vie, j'en aurais parlé avec elle… Rafa était devenu complètement alcoolique, Eddy était dans son monde à la con, il passait son temps à voyager, Xiomara vivait avec son Italien, toi tu t'étais cassé… Quant à Aldo, j'osais même pas lui en parler, à coup sûr il m'aurait dit que pour rien au monde il fallait que je laisse les gosses partir avec leur père…

– Quand est-ce que tu les as vus pour la dernière fois ? demande Amadeo au bout de quelques instants.

Tania regarde la mer et lâche sa réponse dans l'obscurité.

– Ils m'envoient un peu d'argent de temps en temps, quand ils se souviennent, mais ils ne viennent jamais me voir… Et moi, je n'ai pas d'argent pour aller les voir, d'ailleurs ils ne m'invitent pas…

Amadeo se passe la main sur le visage, sans cesser de regarder la mer.

– Et tu crois que tu as pris la bonne décision ?

Tania tarde à répondre.

– J'en sais rien… C'est quoi, une bonne décision, quand la douleur ne te quitte pas ? Elle est là…

Tania se touche la poitrine, elle pleure. D'un geste machinal, elle caresse son bracelet rituel.

Amadeo continue à regarder la mer. Submergé par la douleur de Tania, il laisse quelques larmes couler sur ses joues. Il s'essuie le visage avec les mains avant de rompre le silence :

– Quand je suis parti, je ne savais pas si j'allais rester ou pas, c'est pour ça que je ne vous ai pas dit au revoir… Et même si j'avais su, je crois que j'aurais pas dit au revoir pour autant.

– Pourquoi ? Tu avais peur qu'on te balance ?

– Non, non… C'est que ça pouvait vous faire du tort… Mais Ángela, elle, elle savait que j'étais pas sûr de revenir. Le plus dur, ça a été de partir sans elle. Mais je te jure, sur la tête de ma mère, je te jure que je ne pouvais pas faire autrement… Je pouvais pas rentrer, elle savait que je pouvais pas rentrer.

Amadeo s'interrompt. Tania lui lance à présent un regard empreint de dureté :

– Amadeo, il y a un mystère que j'aimerais bien que tu m'aides à résoudre : qu'est-ce que tu as fait à cette femme pour que jamais, même quand elle était au fond du trou, jamais elle ne dise que tu étais un salopard qui l'avait abandonnée ?

Amadeo fait non de la tête.

– Écoute, Tania, je…

Mais Tania fait un geste de la main pour lui signifier "ça suffit".

– Tu peux dire ce que tu veux, je m'en fous. Ce que tu as fait, ça se répare pas avec des mots… Ça suffit, ça suffit…

Tania, dégoûtée, se dirige vers les autres d'un pas décidé, laissant Amadeo tout seul. Elle éteint la musique, s'adresse au groupe puis à Eddy :

– Je me casse… Eddy, tu me ramènes chez moi ?

Amadeo reste seul, les yeux toujours tournés vers la mer. Son regard exprime une profonde douleur, du doute, de la confusion. Il sort une cigarette de sa poche.

– Oui, je te raccompagne.

– Moi aussi j'y vais, dit Rafa en se frappant les cuisses du plat de la main.

– Vous êtes pressés ? demande Aldo.

– Je suis crevé, répond Eddy.

Tout au fond, Amadeo jette son mégot dans les airs et le suit des yeux jusqu'à ce qu'il tombe dans la rue. Alors il se retourne, regarde les autres en train de se dire au revoir.

– Avant que vous partiez, je voulais vous dire une chose…

Amadeo s'assoit. Il se sert un coup dans le premier verre qui lui tombe sous la main. Il plonge sa main dans le bac à glaçons, qui ne contient plus que de l'eau. Il se sèche la main sur son pantalon. Il boit un peu de whisky. Tania fait deux pas en direction de l'escalier. Amadeo regarde Rafa et se lance :

– Rafa, si je suis resté en Espagne, c'était pour ne pas te trahir.

Rafa regarde Amadeo, il ne comprend pas.

– De quoi est-ce que tu parles, Amadeo ?

Plus personne ne songe à quitter la terrasse. Tous sont dans l'expectative, ils regardent Amadeo sans rien dire, attendent la suite.

– J'ai bossé pour une compagnie de théâtre latino à New York et je me suis fait payer cinq cents dollars, sans autorisation. Un jour où j'avais beaucoup picolé, j'ai raconté des tas de choses qu'on ne dit pas devant tout le monde… – Amadeo boit un coup, hésite, se décide. Les autres attendent la suite. – Deux ou trois semaines plus tard, une femme est venue me voir. Elle disait s'appeler Gladys, Gladys, point, pas de nom de famille… Gladys a juste ajouté qu'elle travaillait pour le ministère de la Culture et qu'elle savait que j'avais fait quelque chose d'interdit mais que, si je leur donnais un coup de main, ils passeraient l'éponge… Elle m'a menacé de me faire virer du groupe, et même de me faire mettre en prison pour possession illicite de ces cinq cents dollars.

Eddy s'écrie en secouant la tête :

– La connasse !

Tous attendent la suite.

– Quel rapport avec moi ? demande Rafa.

Amadeo poursuit :

– Quand ça a vraiment mal tourné, après 90… Tu te souviens ? Tu savais pas tenir ta langue, encore moins que nous… Et tu t'es mis à dire des choses… Il y en a qui t'avaient à l'œil, qui voulaient te choper…

– Et alors ? Quel rapport avec toi… ?

Rafa ne comprend toujours pas, il veut savoir.

– Gladys se pointait de temps en temps, n'importe où, poursuit Amadeo. Elle me posait des questions sur d'autres gens de la troupe de théâtre et moi, j'étais tellement idiot que je lui ai dit des trucs, pas des choses cruciales, des ragots, qui était pédé, qui piquait un peu de tissu des décors, des détails… N'empêche que j'ai balancé. Parce que j'avais la trouille. À cause de cette putain de trouille… Et plus ça allait, plus j'étais pieds et poings liés. Un jour, elle est venue me demander de lui parler de toi, Rafa.

– Et qu'est-ce que tu lui as dit ? demande Rafa en se penchant vers Amadeo.

Les autres sont tendus, ils attendent la réponse d'Amadeo qui cherche ses mots, fait une pause un peu trop longue à leur goût.

– Qu'est-ce que tu lui as dit, Amadeo ? insiste Rafa, plus fort, presque agressif.

Amadeo finit par lui répondre :

– Pour me tirer d'affaire et gagner du temps, je lui ai dit que ça faisait un bail que je ne te voyais plus, et que je n'avais pas de nouvelles de toi… Je savais pas comment m'en sortir… Quinze jours plus tard, la troupe partait en tournée en Espagne… Gladys m'a annoncé qu'ils hésitaient à me délivrer mon autorisation de sortie… Ensuite elle m'a dit qu'elle allait me faire confiance. Qu'elle espérait que je comprenais ce que ça voulait dire, que je mesurais ce qu'elle était en train de faire pour moi. Elle a ajouté qu'on reparlerait de tout ça à mon retour d'Espagne… – Amadeo regarde alors Tania. – Voilà pourquoi je suis resté, voilà pourquoi je ne pouvais pas rentrer… Ángela était au courant, c'est elle-même qui m'a dit de ne pas rentrer… Quand finalement j'ai pris la décision de rester, je lui ai écrit une lettre et je lui ai demandé de ne jamais rien dire à personne, je lui disais qu'on trouverait bien un moyen de la faire venir elle aussi… Sauf qu'elle est tombée malade et… Le fait est qu'elle a jamais parlé de cette histoire à personne, même pas à toi, Tania, qui étais comme sa sœur. Même pas quand elle était en train de mourir…

Tania est sur le point de parler mais elle n'en a pas la force. Elle s'approche de la table et se rassoit, tout en faisant non de la tête, absorbée dans ses pensées. Amadeo poursuit :

– Imaginez un peu : au bout de dix ans en Espagne, j'avais encore les mains moites en imaginant que j'allais tomber sur Gladys…

Ils sont sonnés par cette révélation qui éclaire d'un jour nouveau les décisions d'Amadeo, ses frustrations en tant qu'individu et en tant qu'écrivain, le poids qu'il a porté tout seul durant seize années.

Eddy, presque mécaniquement, plonge sa main dans le seau à glace puis explose ; sa réaction est disproportionnée mais elle lui permet d'exprimer sa frustration :

– Putain de bordel de merde, comment ça se fait qu'il n'y a jamais de glaçons dans ce truc à la con !

Les autres ne réagissent pas, comme si ce sursaut de colère était la chose la plus naturelle au monde. Eddy se sert à boire et avale une bonne gorgée.

Rafa a fini par assimiler ce qu'il vient d'entendre, il est en rage, une rage pleine d'amour à l'égard de l'ami qui s'est sacrifié pour lui.

– Amadeo, jure-moi que ce que tu dis est vrai.

– Je te le jure, sur la mémoire d'Ángela…

– Mais, bordel, pourquoi tu m'as rien dit à l'époque ?

– Ça aurait été pire : pour tous les deux.

– Le pire, c'est ce qui est arrivé ! Merde, tu te rends pas compte ? – Rafa est au bord des larmes. – Tu as foutu ta vie en l'air et ça les a pas empêchés de foutre la mienne en l'air. C'était qui, cette putain de Gladys pour détruire nos vies ? Pourquoi tu m'as pas dit la vérité ?

Rafa manque de se jeter sur Amadeo, qui garde son calme malgré la proximité explosive de son ami.

– C'est la question que je me suis posée pendant toutes ces années, avoue Amadeo.

Rafa fait un geste brusque et se retourne. Il refuse d'en entendre davantage.

– Quand j'ai décidé de rester, Gladys est allée rendre visite à Ángela... Elle lui a conseillé de m'oublier, elle lui a dit qu'elle ne me reverrait plus jamais... parce qu'ils ne la laisseraient jamais sortir d'ici...

Aldo n'en croit pas ses oreilles :

– Elle a fait ça, cette femme ?

Rafa fait quelques pas, s'éloigne du groupe puis se retourne et s'adresse soudain à Amadeo, très énervé :

– Et maintenant, il faut peut-être que je te remercie ? J'en conclus que, si tu es resté, c'est par ma faute ? Que c'est pour m'aider que tu n'as plus jamais revu Ángela ?

Amadeo fait non de la tête, il n'attend rien, mais c'est finalement Eddy qui intervient :

– Arrêtez de faire chier avec ces histoires de culpabilité... C'est la faute de personne...

Aldo se laisse aller à l'amertume dans laquelle il a toujours essayé de ne pas sombrer :

– Comment ça personne ? On a passe nos vies à croire et... – D'une main, Aldo se frappe fort l'intérieur de l'avant-bras. Il hausse le ton. – Et ils nous ont injecté la peur dans le sang... Et vous savez pourquoi ? Parce qu'on a bien voulu croire, on a tout gobé sans jamais moufter... Il fallait qu'on soit purs, obéissants, meilleurs... Et ces fils de pute en ont profité pour nous baiser...

Chacun rumine et se remémore les compromis, les capitulations. Ils regardent Aldo, bouleversés par ce qu'il vient de dire.

Amadeo acquiesce et sourit tristement :

– Et vous savez pas la meilleure. Il y a cinq ou six mois, dans le métro de Madrid, j'ai vu une femme qui ressemblait à Gladys… Rien que de la voir, je me suis mis à trembler. Mais elle lui ressemblait trop…

– C'était elle ? – Eddy n'arrive pas à y croire.

Amadeo continue :

– Je tremblais, je n'arrivais pas à me maîtriser. Cette putain de peur me poursuivait encore, après toutes ces années… Mais j'ai quand même eu la force de m'asseoir à côté d'elle. Je lui ai demandé si elle me reconnaissait. Elle m'a dit que non. Je lui ai demandé si elle s'appelait pas Gladys… Et elle m'a dit que non, en rigolant… Quand elle s'est mise à rire, j'ai su que c'était elle… J'ai eu envie de lui casser la gueule sur place. Cette femme avait donc quitté Cuba ? Celle qui me foutait la trouille parce que j'avais gagné quelques dollars… ? Mais je me suis levé et je l'ai regardée. Et là, je me suis rendu compte qu'elle n'avait plus aucun pouvoir sur moi, que je n'avais plus peur d'elle. C'est à ce moment-là, je crois, que j'ai décidé de rentrer. Chez moi.

Tous se regardent. Ils ne savent pas quoi dire.

Tania se lève et va jusqu'à la balustrade. Elle tourne le dos aux autres et regarde la mer.

13

Un peu plus tard, l'horizon se fait plus clair, annonçant l'arrivée d'une aube nouvelle.

Sur la table basse, en plus des cadavres de bouteilles, il y a une cafetière italienne et des tasses.

Les uns et les autres sont éparpillés sur la terrasse. Aldo est allongé sur le banc, il dort paisiblement. Rafa, affalé dans un vieux fauteuil défoncé, ressasse tout ce qui s'est dit pendant la nuit. Il a l'air apaisé. Derrière lui, son tableau, que l'on distingue mieux à présent, réinterprète de façon fascinante la ville qui lui fait face.

Eddy, perdu lui aussi dans ses pensées, est assis à la table et savoure son café, en fredonnant la chanson mélancolique qui sort des haut-parleurs.

Tania, songeuse, regarde vers la mer et ce que son visage reflète à présent ressemble à de la tranquillité. Amadeo, qui regardait la ville se réveiller, s'approche de Tania. Il se colle dans son dos et l'enlace. Elle se laisse faire. Avec aux lèvres un sourire serein, elle tourne la tête et le regarde :

– Le pire dans cette histoire, ce qui me fait le plus chier, c'est que pendant des années je t'ai détesté à cause de ces salopards…

Amadeo lui sourit tristement :

– Le pire, c'était la peur…

Au moment où Tania s'apprête à répondre, il lui pose tendrement un doigt sur la bouche et la force à se taire. Il la berce très lentement, comme pour endormir un nouveau-né.

Dans les bâtiments voisins, en bas, dans la rue, la ville s'éveille. Des pots d'échappement font un boucan d'enfer sur le Malecón, on entend les premiers klaxons… Un groupe d'écoliers en uniforme sort d'un des bâtiments et en rejoint d'autres, qui les attendaient : trois garçons et trois filles. Ils se disent bonjour, s'embrassent. Puis ils marchent dans la rue, discutent, rigolent, en route pour l'école… La vie continue.

La ville réelle et la ville peinte par Rafa se confondent, avec leurs ombres et leurs mystères.

SÉQUENCE 3

Tous les chemins mènent à Ithaque

Leonardo Padura

Scène 1

Le samedi 2 mai 2015, dans le cadre du 18e Festival de cinéma français à Cuba, s'est déroulée dans la salle Charles Chaplin de La Havane la première projection publique sur l'île de *Retour à Ithaque*, le film réalisé par Laurent Cantet, pour lequel, à quatre mains avec le réalisateur et en collaboration avec Lucía López Coll, j'avais écrit un scénario inspiré par des passages de mon livre *Le Palmier et l'Étoile*.

Dans ce genre de cérémonie, comme il est d'usage dans les festivals de cinéma, on fait une brève présentation, sous l'égide du réalisateur, si celui-ci est venu à Cuba pour la circonstance. Le 2 mai 2015, bien entendu, Laurent Cantet était à La Havane, car l'un de ses désirs, pendant le tournage, était de présenter le film aux spectateurs cubains, sans doute les plus à même d'accueillir la production artistique dans laquelle il avait mis autant d'amour, de goût du risque et d'audace artistique. Ce rêve cinématographique de Cantet, dans lequel il nous avait englobés, auteurs, acteurs, techniciens, était né presque cinq ans auparavant et sa matérialisation, en cette torride journée à La Havane, avait dû passer par un processus de travail aussi long que complexe, avec des débats, y compris à caractère politique, qui allaient être couronnés en cette soirée mémorable par la plus belle et la plus désirée des récompenses à laquelle pouvait aspirer le film : une longue ovation debout de la part des mille deux cents spectateurs qui remplissaient à craquer la plus emblématique des salles de cinéma de La Havane*. Après

* Même s'il s'agissait de la première officielle, de nombreux spectateurs cubains avaient déjà vu le film, qui avait commencé à circuler quelques jours plus tôt à travers le canal de distribution clandestin et alternatif que l'on nomme *el paquete*. Ce "paquet" est un condensé de productions audiovisuelles, piratées sur des plateformes de toutes

une longue navigation et les écueils prévisibles rencontrés en chemin, ce rêve artistique avait enfin rejoint sa terre d'Ithaque.

Scène 2

Je l'ai déjà dit plusieurs fois et, même si mes actes peuvent démentir mes paroles, j'ose jurer, y compris sur la Bible, que je n'aime pas écrire pour le cinéma.

Pour un romancier – ma forme d'expression favorite –, l'écriture d'un scénario de film peut se transformer en exercice susceptible de nier, ou pour le moins d'édulcorer, l'essence de l'art du roman, qui constitue un engagement artistique que, selon moi, on pourrait synthétiser de la façon suivante : essayer de raconter une histoire avec les mots les plus justes et les plus beaux qu'on est capable d'employer, sans avoir l'air pédant ni faire du langage une fin se suffisant à elle-même, mais sans non plus minimiser son importance, puisque le roman est littérature et que la littérature est langage. Dans le roman, en outre, l'écrivain est le principal – presque le seul – responsable de la qualité de l'œuvre, et le maître – presque toujours – de toutes les grandes et multiples décisions de forme et de contenu qu'il devra prendre au cours du long travail d'écriture : le roman est, en cela, le royaume de la liberté et, de façon positive, des choix personnels. Dans le roman par exemple *le tempo* et le déroulement temporel des événements sont

sortes, préparé toutes les semaines et distribué (moyennant paiement) aux intéressés sous la forme de disques durs externes que l'acheteur télécharge dans son ordinateur personnel. C'est pourquoi à l'extérieur de la salle de projection l'attroupement public qui menaçait de se produire en raison des expectatives générées par le contenu du film et sa sortie n'a finalement pas eu lieu. Est-ce seulement le fruit du hasard si le film a été distribué dans le "paquet" précisément la même semaine ?

importants, mais pas *le temps* de la lecture (équivalent à celui de la représentation, qu'elle soit théâtrale ou cinématographique), si tyrannique quand on écrit des scénarios, et la conséquence n'est pas seulement une question de chronomètre, mais une énorme distance artistique que connaissent fort bien tous ceux qui ont dû un jour faire entrer une histoire en 90 minutes de film. De plus, dans le roman, le temps des personnages et de l'histoire peut être un mélange totalement libre de présent et de passé, et même de présent, de passé et de futur. Alors qu'au cinéma ces mouvements temporels sont tellement soulignés qu'il n'est pas rare qu'ils soient filmés en adoptant des points de vue visuels différenciés qui permettront une compréhension qui, dans le domaine de la langue écrite, peut être obtenue avec l'utilisation harmonieuse d'un temps verbal et la simple ouverture des portes de la mémoire du personnage, sans que, s'il s'agit d'un bon écrivain, l'ouverture de cette porte se fasse entendre.

Bref, le roman se construit dans un espace artistique de grande liberté créative, idiomatique, dramatique, chronologique, et il est un acte solitaire, tandis que le scénario de film est un acte d'écriture conçu comme un service, accompli parfois de façon grégaire ; car tandis que le roman est un art en soi et pour soi, avec une histoire culturelle et des exigences très particulières, le scénario ne fonctionne qu'en tant qu'il sert de support dramatique sur lequel deux personnages aussi ou plus importants que l'auteur interviennent fréquemment, car ce sont eux les ultimes responsables : le producteur et le réalisateur.

Il n'est pas difficile, dès lors, de comprendre pourquoi un romancier peut se sentir mal à l'aise, limité, sous contrôle, quand il écrit pour le cinéma.

Raymond Chandler, l'un de mes romanciers préférés et qui fait partie de mes maîtres, a vécu une relation aussi polémique qu'épuisante avec le monde du cinéma, relation que j'ai toujours tenue pour exemplaire et même pédagogique. Malgré sa collaboration agitée avec l'industrie des rêves, grâce à son talent Chandler a été capable d'écrire, entre autres, des scénarios aussi mémorables que ceux de *Assurance sur la mort*, l'inquiétant film réalisé en 1944 par Billy Wilder et *L'Inconnu du Nord-Express*, réalisé par Hitchcock en 1951.

Deux ans à peine après le début de son expérience comme scénariste pour Hollywood, avec son habituelle ironie mordante et ses plaies à vif, Chandler a publié l'article "Écrivains à Hollywood" (1945), où il définit de la façon suivante la relation entre l'écrivain et le cinéma : "Hollywood c'est le paradis des entrepreneurs du spectacle. *Mais les entrepreneurs du spectacle de Hollywood contrôlent le processus de création – et par conséquent l'avilissent*", affirme l'auteur du *Grand sommeil*, qui prévient d'entrée : "La base du film est le scénario, qui est fondamental car sans celui-ci il n'y a rien… Mais à Hollywood, le scénario est écrit par un écrivain salarié sous le contrôle d'un producteur : c'est-à-dire par *un employé sans aucun pouvoir de décision sur le fruit de son travail*, qui ne lui appartient pas et dont, si extravagant que soit son salaire, il ne tirera guère de renommée pour ses efforts…"

Comme la situation décrite par le père de Marlowe à l'époque de l'âge d'or des studios n'a pratiquement pas changé en ce qui concerne les scénaristes, nous pouvons en déduire avec lui que : "En conséquence, il n'y a rien qui puisse être considéré comme *l'art d'écrire un scénario* tant que durera ce système. Car le principe de ce système consiste à exploiter le talent sans lui reconnaître le droit d'être un talent." Et de conclure : "… cependant, en ce qui concerne l'écriture d'un scénario, le producteur est le patron ; ou bien l'écrivain s'entend bien avec lui et ses idées (si jamais il en a), ou bien il s'en va. Cela suppose une subordination personnelle et artistique, *qu'aucun écrivain de qualité n'acceptera longtemps sans perdre ce qui justement fit cette qualité*, sans renoncer à ce qui aiguise son intelligence, sans devenir petit à petit un conformiste plutôt qu'un créateur, un tâcheron à l'échine souple plutôt qu'un artisan avec des idées originales. […]

Le scénariste intelligent enfile son costume numéro deux, en termes artistiques, et ne prend pas les choses trop à cœur. Il faut qu'il ait une pincée de cynisme, mais seulement une pincée. Il doit faire de son mieux, mais sans se forcer. Il doit être scrupuleusement honnête dans son travail, mais il ne doit pas attendre une honnêteté scrupuleuse en retour. Il ne l'obtiendra pas. Et quand il n'en peut plus, il prend congé avec le sourire, parce que, il le sait bien, il est possible qu'il ait envie de revenir*."

Si je partage l'essentiel de ce que Chandler a écrit il y a soixante ans (tout en admettant qu'il existe des exceptions) et si j'affirme et soutiens que je n'aime pas écrire des scénarios... pourquoi diable ai-je écrit et continué-je à écrire des scénarios ? Je le fais pour trois simples et bonnes raisons : 1) parce qu'on me paie pour le faire et que cet argent m'aide à continuer à écrire des romans ; 2) parce que entre deux romans mon esprit stakhanoviste (comme le qualifie Beatriz de Moura, mon éditrice espagnole) a besoin d'objectifs et de travail, et plus d'une fois l'écriture d'un scénario m'a servi à calmer ma boulimie d'écriture... et 3) parce que, même si je n'aime pas écrire des scénarios, je suis tellement masochiste que quand je les écris (ou plutôt : pendant que je les écris), j'y prends presque du plaisir... parce que j'adore le cinéma, tellement que, pour y travailler, je suis prêt à bâillonner mon ego et mes préjugés.

Scène 3

En septembre 2009, alors que j'étais en Espagne pour la promotion de *L'Homme qui aimait les chiens*, le roman que je venais d'achever et de publier, le cinéma est venu

---

* "Écrivains à Hollywood", *in* Raymond Chandler, *Lettres* (traduction de Michel Doury), Paris, Éditions Christian Bourgois, 1980. (*NdT*)

à ma rencontre pour mettre sur la table les trois raisons que je viens d'exposer. Des trois, à ce moment-là, c'est la deuxième qui a le plus pesé, car après avoir passé cinq ans à écrire ce roman j'avais besoin de prendre un peu de distance par rapport à mon activité préférée, qui avait failli me tuer durant le long processus d'écriture de ce livre éprouvant – qui, en récompense de l'effort, m'a procuré ensuite de très nombreuses satisfactions.

La rencontre avec le cinéma, je la dois à un producteur espagnol (mon ami Álvaro Longoria, de Morena Films) et à un producteur français (Gaël Nouaille, de Full House), qui étaient déjà très avancés dans la gestation d'un projet de film qui avait même un titre : *7 jours à La Havane*. Álvaro et Gaël avaient l'idée d'un film qui raconterait, à partir de sept situations, filmées par sept réalisateurs, de brèves histoires de la ville où je suis né, où je vis et où j'écris. Et ils m'ont demandé si je me sentais prêt à écrire une ou plusieurs de ces histoires... Avec une rapidité dont je ne suis pas coutumier pour ce genre de décisions, j'ai aussitôt accepté de m'inscrire dans ce projet, avec une seule exigence : que mon épouse, Lucía López Coll, co-écrive avec moi les arguments et les scénarios éventuels, parce que l'une des nombreuses choses que je ne sais pas faire au cinéma, c'est écrire en solitaire. Je manque parfois de confiance en moi quand j'écris des romans, mais quand je regarde mes propres scénarios, je suis carrément myope.

C'est ce travail pour *7 jours à La Havane* qui, d'une façon un peu rocambolesque, m'a mis sur le chemin qui, après avoir surmonté les épreuves et les défis inhérents à tout projet cinématographique, devait finalement nous mener à Ithaque.

Dans la liste des réalisateurs qui ont rejoint ce projet de film choral sur La Havane a surgi un jour le nom de Laurent Cantet, un réalisateur dont le film *Entre les murs*, que j'avais pu voir quelques mois plus tôt et qui m'avait touché, avait obtenu une Palme d'or très méritée au Festival de Cannes 2008. Et si moi j'avais mis comme condition pour travailler dans *7 jours…* que Lucía co-écrive le scénario avec moi, Cantet avait de son côté invoqué un argument qui m'a surpris : il acceptait de venir tourner à Cuba parce qu'il voulait travailler avec moi ! Les motifs de Cantet étaient beaucoup plus simples que les miens, mais aussi beaucoup plus flatteurs : il avait lu la traduction française de mon roman *Le Palmier et l'Étoile*, et il s'était déclaré membre de mon hypothétique fan-club.

Ma première rencontre physique avec Laurent Cantet a eu lieu à La Havane, au début 2010, quand ont commencé à se mettre en branle les lents mécanismes menant à la réalisation d'un film. Nos dialogues d'alors, menés en anglais, m'ont permis de savoir que Cantet n'avait pas seulement aimé mon livre (et qu'il en avait lu d'autres de moi), mais qu'il y avait un épisode précis sur lequel il voulait travailler dans le court-métrage qui devait constituer son apport à *7 jours…* C'est le moment du roman dans lequel les personnages contemporains, un groupe d'écrivains cubains de ma génération, plus ou moins célèbres, plus ou moins frustrés, se réunissent sur un toit de La Havane et se lancent dans un résumé de ce qu'ont été leurs vies durant les années qui ont suivi le départ soudain de l'un d'eux, Fernando Terry, pour l'exil en Espagne jusqu'à son retour temporaire à Cuba. C'est à l'occasion de ce bref retour qu'a lieu la rencontre, pleine de nostalgie, de ressentiments, de fidélités avouées, marquée par la conviction grandissante que le destin de Fernando a été faussé par la trahison de l'un de ces vieux amis, compagnons d'armes littéraires dans les temps antérieurs à l'exil, et à la mort pour certains d'entre eux.

Comme pour la réalisation du film les producteurs n'avaient pas les fonds pour acheter les droits d'adaptation au cinéma d'œuvres littéraires, et comme, en plus, je souhaitais que les histoires de *7 jours*… échappent le plus possible aux clichés les plus éculés sur Cuba, après quelques jours de réflexion j'ai proposé à Cantet que, à partir de cette situation où des amis se retrouvaient sur une terrasse de La Havane, nous inventions une nouvelle histoire qui brise les idées reçues sur l'exil. C'est-à-dire qu'au lieu d'écrire une histoire sur quelqu'un qui quitte Cuba, nous le fassions sur quelqu'un qui revient à Cuba (le personnage qui devait s'appeler Amedeo) et… décide de rester, à la surprise plus que justifiée de ceux qui n'ont jamais quitté le pays, y ont vécu des moments difficiles, et qui, comme tant d'autres Cubains, ont vu s'en aller beaucoup de monde, parents, frères, amis, enfants.

Une fois d'accord sur ce principe dramatique, j'ai écrit une sorte d'argument scénarisé de ces retrouvailles (rapidement titré *Retour à Ithaque*), car Cantet ne voulait pas d'un scénario en bonne et due forme : fidèle à sa méthode de travail favorite, il entendait tester l'histoire en la mettant entre les mains d'acteurs professionnels et non professionnels, pour vérifier son efficacité dramatique et sa capacité à révéler les drames personnels des acteurs, avant d'affiner l'histoire et de choisir le style qu'il imprimerait à son court-métrage. Entre autres possibilités, Cantet m'a proposé que moi-même (oui, moi)… je sois l'un des interprètes de l'histoire, et que le reste des personnages soient incarnés par un groupe d'amis à moi, écrivains ou pas. Son intention était que, partant de l'histoire écrite ou plutôt ébauchée, nous exprimions sur ce sujet conflictuel ce que nous avions accumulé en nous durant toutes ces années de vie à Cuba. C'est à ce moment que j'ai posé une deuxième condition à la poursuite de ma collaboration : que Cantet oublie son idée de me mettre devant une caméra.

Pressés par le temps, nous avons finalement renoncé à l'idée d'expérimenter avec des amateurs et l'argument scénarisé que j'avais écrit a été mis entre les mains d'un groupe d'acteurs, professionnels de très haut niveau pour la plupart, avec l'idée d'utiliser le texte plus comme point de départ que comme scénario à suivre fidèlement. Rassemblés sur une terrasse du quartier du Vedado à La Havane, ils ont participé à une proto-répétition qui devait aussi servir de casting pour le tournage du court-métrage : Cantet a demandé aux interprètes que, au moment qu'ils jugeraient propice, ils en rajoutent dans le conflit, en oubliant au besoin l'argument écrit et en étant seulement eux-mêmes, avec leurs expériences et leurs passions. En tant que réalisateur, il est seulement intervenu à certains moments pour leur demander d'échanger leurs personnages ou de se placer à un endroit précis de l'espace choisi. Pendant ce temps, Laurent Cantet enregistrait tout le processus avec sa petite caméra personnelle.

Et un instant magique a éclos ce soir-là, au début du mois de juin 2010… Sur cette terrasse depuis laquelle on voyait la beauté et la décrépitude de la ville, et la mer, comme une promesse et un défi dans le lointain, les acteurs se sont laissés glisser vers un territoire inconnu mais de plus en plus douloureux, un état de grâce flou en équilibre entre leurs propres expériences et frustrations et le drame écrit pour des êtres fictifs même si extraits (je peux l'affirmer) des entrailles les plus réelles et les plus dramatiques de la réalité cubaine. À partir de ce que proposait mon texte et de ce qui jaillissait du plus profond de certains des acteurs qui avaient cessé de l'être, c'était toute une génération (ma génération) qui s'incarnait, une génération rêveuse, crédule et sacrifiée, mais aussi meurtrie par la réalité et l'histoire, et finalement frustrée de la plupart des désirs et des promesses pour lesquels elle avait vécu et dans lesquels elle avait cru : la "génération cachée" ("sans visage et sans couilles", selon l'expression de l'un de mes personnages) qui apparaît dans tous mes romans et avec une intensité particulière dans *Le Palmier et l'Étoile*. La magie de l'interprétation de ces vies de fiction si familières et proches de l'expérience commune a pu naître à partir de ces quelques pages sans prétention grâce à l'implication réelle et personnelle des acteurs mettant de côté leur histrionisme pour créer une atmosphère tendue, électrique par moments, avec des larmes plus réelles que théâtrales à d'autres, une forme de catharsis et d'enchantement qui s'est emparée de l'espace de cette terrasse de La Havane et s'est imprimée dans l'œil de Laurent Cantet par l'intermédiaire de sa petite caméra.

Trois heures plus tard, alors que nous étions tous moulus de fatigue, Cantet a mis fin à la séance et a pris congé des acteurs avec la promesse toujours inquiétante de reconvoquer les heureux élus après visionnage des images…

Deux jours plus tard Laurent Cantet a pris l'avion pour le Canada, où il devait commencer le tournage de *Foxfire*, son nouveau film. Pendant ce temps à La Havane, Lucía et moi nous poursuivions le travail d'écriture d'arguments et de scénarios pour *7 jours à La Havane*, convaincus que Cantet avait emporté dans ses bagages un matériau hautement explosif, qui le motiverait sur le plan tant artistique qu'humain et lui permettrait de réaliser un excellent court-métrage, peut-être la plus synthétique et la plus authentique des histoires d'une génération de Cubains. C'est pour cela que, inspiré par ce qui s'était passé sur la terrasse de La Havane durant la répétition-casting, j'ai réécrit l'argument original et je l'ai envoyé à Cantet, comme convenu avec lui…

Quelques jours plus tard j'ai reçu un mail du réalisateur français, envoyé du Canada. Laurent s'excusait auprès de moi, mais après avoir visionné ce qu'il avait filmé, il était convaincu qu'avec cette histoire, il ne pouvait pas faire de court-métrage pour *7 jours à La Havane*… parce que cette histoire méritait en fait un long-métrage ! Il voulait plus de profondeur, plus d'espace pour développer les conflits, plus de respiration pour les personnages. Et même s'il n'avait pas encore de producteur pour ce long-métrage, il n'avait aucunement l'intention de gâcher une cartouche pour une cible qui ne lui semblait pas la plus appropriée… Cantet me disait textuellement ceci :

De : Laurent Cantet
Envoyé : samedi 19 juin 2010 12:21 AM
À : Leonardo Padura Fuentes

Cher Leonardo :

Les journées sont trop courtes. Je les passe à faire des repérages pour mon autre film. J'ai lu ta nouvelle version et je pense que c'est formidable d'avoir ces nouveaux éléments. Mais plus j'y pense, plus je suis convaincu que ce serait en fait dommage d'en faire un film de quinze minutes. J'ai visionné l'essai que nous avons fait samedi dernier et je suis vraiment convaincu que cette histoire a besoin de plus de temps, et est si forte et chargée d'émotion que c'est en fait une erreur d'essayer de dire autant de choses aussi vite. Elle mérite mieux ! Les réactions des acteurs me confirment que l'histoire les intéresse, qu'ils ont beaucoup de choses à dire dessus, et qu'il y a besoin de silence, de moments d'indécision et aussi de moments de trivialité (Amadeo regardant les fesses de Tania, par exemple), des moments embarrassés (tous occupent les premières minutes à se poser des questions les uns les autres, à essayer de recréer des liens après une absence aussi longue). Moi j'ai besoin de temps pour les voir se regarder les uns les autres, je veux du temps pour que tous expriment leur curiosité à propos de la vie d'Amadeo à Madrid. Et je pense aussi qu'Amadeo a besoin de temps pour expliquer pourquoi il a besoin de revenir. Je pense qu'il faut donner du temps à chacun pour son "monologue", même si le film ne devrait pas se transformer en succession de monologues, que nous avons vraiment besoin de moments de discussions anodines, comme c'est le cas quand tu es avec tes amis, ou de joie… Et moi j'aime tellement ce film que je ne veux pas gâcher la possibilité de le faire.

Je suis sûr que Didar [Domehri] et Álvaro [Longoria] seront d'accord là-dessus, et je suis sûr qu'ils seront prêts à produire un long-métrage (qui bien entendu ne coûtera pas très cher). Mais pour le moment, c'est le court-métrage qui les occupe. Pour toutes les raisons que je viens de t'expliquer, je pense qu'il ne faut pas faire de version courte (j'ai peur que le court-métrage ne soit pas aussi intéressant et touchant, et que la production d'un long-métrage soit plus difficile si le court-métrage est décevant, comme je crains que cela serait forcément le cas). Mais avant de mettre au clair tout cela avec Didar, je voulais t'en parler pour savoir ce que tu en penses. Je veux en plus prendre le temps de réfléchir à une idée alternative pour le court-métrage que je pourrais lui proposer en même temps. Cela pourrait être avec les mêmes acteurs, ou au moins certains d'entre eux, pour que nous apprenions à nous connaître les uns les autres.

J'espère que le choc n'est pas trop fort et que tu comprendras que je crois que nous pouvons faire un grand film avec cette histoire. Dis-moi ce que tu en penses.

En dépit du souhait exprimé par Cantet, cette décision a bien été pour moi un choc : j'étais à la fois surpris et flatté ; mais surtout, très, très inquiet, car je sais, bien évidemment, que sur cent idées ou projets qu'un réalisateur peut avoir en tête, un tout au plus se transforme en film. Et même si le réalisateur s'appelait Laurent Cantet, le danger était plus que menaçant, s'agissant d'une histoire cubaine qui, pour être tournée, devait trouver des financements non cubains, car en plus des pénuries économiques, les compagnies productrices de mon pays ne seraient sans doute guère disposées à (co)financer et à tourner une histoire telle que celle de *Retour à Ithaque*. Mais mon pouvoir de décision, en tant que scénariste, n'avait pas de poids face à celui du réalisateur, à plus forte raison si ce réalisateur s'appelait Laurent Cantet.

7 jours à La Havane a été tourné et est sorti en 2011. Fidèle à mon habitude de préserver le plus possible ma santé physique et mentale (dans la mesure où les circonstances me le permettent), une fois ma tâche de scénariste et de coordinateur de scénarios terminée, je me suis tenu (tout comme Lucía) aussi loin que possible des répétitions, tournages, discussions autour du film. J'ai assisté, en tout et pour tout, à une journée de tournage de l'un des courts-métrages et, au bout de deux heures, je me suis discrètement éclipsé pour retrouver l'invisibilité qui est le lot du scénariste une fois terminé son travail d'écriture.

Avant la première de *7 jours...* je suis passé par Paris où, en compagnie de mes vieux amis Elisa Rabelo et son époux François Crozade, eux aussi amis de Cantet et de son épouse Isabelle, nous avons rendu visite au réalisateur dans sa maison de la banlieue de Paris, où nous avons partagé d'excellents et abondants plats (préparés par Cantet), des vins, des fromages et des conversations. Comme Cantet était très impliqué dans la préparation de *Foxfire*, nous avons à peine parlé d'Ithaque, ainsi que nous avions commencé à baptiser le projet, même si évidemment nous avons évoqué son souhait – et le mien – de trouver un producteur pour réaliser le rêve, pour lequel, logiquement, il faudrait écrire un nouveau scénario.

C'est sans doute au moment de la présentation de *7 jours...* au festival de Saint-Sébastien en 2011 que l'on a commencé à parler sérieusement de l'intérêt des producteurs français du film pour soutenir le nouveau projet présenté par Cantet. Didar Domehri, responsable de la nouvelle société Maneki Films, m'a parlé de son intention, en lien avec Full House, de commencer à chercher les financements qui pourraient permettre la réalisation du projet.

Mais, entre les recherches de financement et l'agenda de Cantet qui devait terminer et promouvoir *Foxfire*, une année s'est écoulée avant que, en octobre 2012, Lucía et moi revenions à Paris pour commencer à travailler sérieusement au scénario de *Retour à Ithaque* avec Laurent Cantet. Ce délai supplémentaire (long ou court, comme l'on voudra, selon les critères du cinéma) a été déterminant pour me permettre de me consacrer pleinement dans les derniers mois de 2012 à l'écriture du scénario puisque… j'avais mis un point final à mon roman *Hérétiques*, et il ne manquait plus que le dernier polissage littéraire qui se révèle le plus souvent nécessaire quand le roman passe entre les mains de mes exigeants éditeurs espagnols, qui ont toujours une suggestion visant à améliorer le livre qui va être publié. Ce qui a été encore le cas cette fois-ci.

Cette semaine de travail dans un petit appartement proche de la gare de l'Est a constitué l'acte de naissance de ce que serait le film. Cantet et moi, aidés par Lucía et Elisa Rabelo (déjà choisie par Cantet comme première assistante, et comme une sorte de traductrice d'urgence), nous nous sommes plongés dans ce que l'on pourrait appeler une tempête d'idées et nous avons défini le style de l'œuvre, son rythme, son cadre, le vrai caractère des personnages et, surtout, précisé le sujet à travers l'échange d'arguments qui m'ont permis de confirmer ma conviction que travailler avec Cantet était un privilège non seulement en raison de son prestige ou de ses qualités artistiques comme réalisateur, mais de sa capacité critique à écouter les autres, son esprit intellectuellement ouvert et compréhensif, et son obstination à défendre ce qu'il considère comme essentiel pour son style et son propos artistique. Durant ces journées de genèse du film que nous allions tourner un an plus tard, nous tous (y compris Lucía et Elisa) avons été libres d'imaginer des options et de chercher des solutions, tout en traçant un chemin qui n'était jamais donné comme définitif et qui d'ailleurs nous a obligés plusieurs fois à revenir en arrière. Sur le plan personnel et professionnel, je crois que j'ai vécu dans cet appartement parisien une expérience créative privilégiée et j'en ai appris sur l'écriture d'un scénario de cinéma bien plus que ce que m'avaient apporté la lecture de divers textes ou les ateliers de création. Et c'est un apprentissage que, pour toujours, je porterai au crédit du talent et des qualités humaines de Laurent Cantet.

Une semaine avant ce travail intense mené ensemble à Paris, j'avais envisagé les différents chemins que pourrait prendre notre histoire, et j'avais échangé avec Cantet des messages dont je reproduis ici les thèmes principaux (avec quelques corrections visant à améliorer leur rédaction), je crois qu'ils illustrent bien le déroulement du processus d'écriture d'un scénario (un système totalement impensable pour la conception et la rédaction d'un roman). Ainsi, le 29 août 2012, alors que nous nous approchions du front, j'écrivais à Cantet :

> Cher ami, il est évident que nous avons besoin de beaucoup parler [...]. Mais, mais... Je t'envoie déjà quelques idées :
>
> 1. Si le soir des retrouvailles entre les amis, nous faisons bouger l'histoire (à travers différents endroits), que dirais-tu de terminer le film par une rencontre sur le Malecón ? Le Malecón n'est pas seulement un lieu physique, il représente bien plus. Nous pouvons parler de cette symbolique du Malecón de La Havane dans les scènes qui précèdent.
>
> 2. Je pense que nous avons besoin que certains dialogues entre les personnages se tiennent à l'écart du reste du groupe. Des couples ou des trios. L'un de ces dialogues pourrait être entre Tania et Aldo en train (peut-être) de faire l'amour. Nous n'avons pas besoin que l'on sache tout le temps que cette relation existe, mais que l'on découvre à un moment qu'elle existe (surprise). J'imagine une scène naturaliste de sexe, dans laquelle nous verrions des corps et la façon dont deux personnes de plus de cinquante ans font l'amour.
>
> 3. Le film a peut-être besoin de commencer plus tôt [dès le début, les personnages étaient réunis]. Dans d'autres endroits. Cela pourrait être une traversée de

La Havane avec les différentes activités des personnages et Amadeo se baladant tout seul. Peut-être pouvons-nous aller au cimetière et voir Amadeo devant la tombe de quelqu'un qui s'appelle Ángela… Nous saurons qui est Ángela [l'épouse d'Amadeo] plus avant dans le film.

4. Une partie de la conversation peut se dérouler durant un repas, dans un *paladar* [un restaurant privé], où ils ne parlent pas seulement d'eux-mêmes, mais aussi du pays, du reste des gens.

5. Le thème de la trahison est très important pour moi. Il faut l'introduire dans la première demi-heure du film. Dans une histoire très riche en dialogues nous avons besoin de mystères, de retournements, de révélations. Je crois qu'il nous en faut beaucoup (et je vais y réfléchir).

6. J'ai vu récemment le dernier film de Polanski avec Jodie Foster [*Carnage*, sorti en 2011]. Quatre personnages qui discutent dans un salon. Je me suis tellement ennuyé que j'ai éteint la télévision (moi qui adore Polanski !).

Je sais que tu es très occupé par ton nouveau film [*Foxfire*]. Ne t'inquiète pas trop pour Ithaque. Le seul problème, ce sont mes obsessions.

Je t'embrasse,

Leonardo

Quelques jours plus tard, nous avons échangé d'autres mails où Cantet répondait à certaines des questions que je lui avais posées pour savoir vers où orienter l'histoire telle qu'il la concevait.

Cher Leonardo :

Je vais essayer de répondre à tes questions de la façon la plus précise possible. Mon problème est que pour la plupart d'entre elles je n'ai pas d'idée préconçue et je crois qu'il nous faut travailler avant de prendre une décision. Je suis ouvert à toutes les propositions que tu peux faire. Quand je commence à travailler sur un scénario, j'aime bien laisser l'histoire aller là où son cours la mène. Pour être certain que nous nous comprenions bien, j'ai répondu en français et en anglais.

1. Est-ce que cela sera une histoire qui se déroulera tout entière en un seul soir et un seul lieu ? J'ai peur que cette option soit trop verbale, pas suffisamment cinématographique.

Pour cette question précise, je ne veux pas que tu te sentes freiné par la première impression que j'ai eue quand nous avons commencé à travailler. Peut-être serait-il intéressant de déployer l'histoire dans une période de temps plus longue et dans des lieux différents. Mais je n'ai pas peur d'un excès de simplicité dans la forme dans ces moments-là. Dans tous mes films il y a beaucoup de dialogues et j'aime ça. Ce qui m'a intéressé dans cette histoire c'est ce qu'ils ont tous à se dire entre eux et je crois qu'il est très important d'entendre ça. Il est également très important d'être au plus près des corps parce que l'âge et tous les changements sur leurs visages et dans leurs corps doivent être au centre de l'histoire. Tout le temps de la séparation entre eux se reflète sur leurs visages. Donc je crois que plus le dispositif sera simple, plus il sera efficace pour saisir ce qui pour moi est vraiment important. J'aime la théâtralité quand elle n'est pas sur une scène de théâtre. Je suis sûr que la radicalité d'une construction en un seul soir et un seul lieu donnerait au film son originalité.

Dernier point : après la lourdeur du tournage au Canada, je rêve d'un tournage simple. Pas seulement pour mon confort, mais parce que je veux prêter attention à tout ce qui se passe devant la caméra et disposer de temps pour essayer différentes choses et y revenir plusieurs jours plus tard, si je n'ai pas été satisfait avant, pour trouver le film en le tournant.

Mais je te le redis, je ne veux pas que nous nous sentions prisonniers de tout cela. Je ne veux pas me sentir obligé de filmer une promenade dans la ville. Et même si j'étais d'accord pour le faire, cela serait contre-productif du point de vue de la production.

2. Si cela ne se passe pas en un seul soir et un seul lieu, est-ce que dans le scénario nous nous approcherions plus du roman ou l'utiliserions-nous seulement comme référence ? Je crois que l'histoire de Fernando Terry et ses amis *est* un film, sauf qu'il se déroule sur plusieurs jours.

Je ne suis pas certain de bien comprendre la question. Une fois encore, je crois que nous pourrons prendre de décision sur le lien entre le film et le livre seulement après avoir travaillé sur le scénario. Je suis sûr que la réponse s'imposera d'elle-même.

3. Il y a des sujets importants que je pense que nous pouvons développer dans n'importe laquelle des options antérieures. Par exemple le sujet de la trahison, de l'écrivain et de l'exil.

Tel que je vois le film, j'ai l'impression que c'est sous cet angle que nous devons travailler. Je crois que l'une des choses pas suffisamment exploitées dans la première version c'est la façon dont Amadeo parle de son exil, de la difficulté à vivre loin, de ce qui nous fait être tels que nous sommes. Et, bien entendu, je crois que cela se traduit logiquement dans la difficulté à l'écrire.

Autre thème de discussion intéressant à travailler : les efforts que l'on fait pour s'imposer l'oubli, pour oublier, pour échapper au piège de la mémoire. C'est bien sûr impossible, schizophrène et douloureux.

La trahison : il est intéressant de décrire de la façon la plus précise possible le mécanisme, le piège et le soupçon qui existe entre les vieux amis. Tous sont confrontés au problème de reconstruire une relation en fonction de la “zone d’ombre”. Et bien entendu, ce soupçon existe tant sur le plan intime que sur le plan social.

4. Préfères-tu travailler avec un scénario bouclé ou le laisser ouvert pour que les acteurs l’enrichissent ? Travaillons-nous seulement avec des acteurs professionnels ou aussi avec de vrais gens ou des non-professionnels ?

Quand nous avons organisé cette séance d’improvisation avec cinq acteurs, j’ai été impressionné par le lien étroit entre ce que tu avais écrit et leurs propres histoires. J’adorerais vraiment continuer à travailler de cette manière, mais cela ne signifie pas que nous ne devons pas écrire un scénario spécifique et des dialogues précis. Il m’arrive souvent de demander à un acteur d’introduire dans un dialogue, en improvisant, une phrase précise qui me plaît, ou de suivre la logique d’un dialogue dont l’histoire a besoin pour avancer. Mais il est très important d’avoir le soutien du scénario pendant le tournage, quitte à oublier ce qui a été écrit, si les propositions des acteurs s’avèrent plus intéressantes.

Et bien entendu c’est important aussi pour ceux qui financent le film. Même en demandant une liberté totale, cela les rassurera de pouvoir se baser là-dessus pour avoir une idée de ce que sera le film, de sa richesse.

Maintenant la distribution : pour ou contre. Une fois encore, il n’y a pas d’idée préconçue. Pour ce film, je n’ai rien contre le fait de travailler avec des acteurs professionnels, parce que les personnages ont à peu près le même profil et viennent du même milieu social. Ce sont des “intellectuels” et ils ont vécu le même genre d’histoire. Les improvisations faites l’année dernière m’ont confirmé que cela pourrait très bien marcher. Mais bien sûr, si j’ai la chance de tomber sur quelqu’un dont le profil se rapproche de celui d’un personnage, je n’hésiterai pas à lui faire passer en bout d’essai et à choisir un acteur non professionnel si je le trouve plus convaincant.

5. Nous situons l'action en 2012 ? Il y a des choses qui ont changé à Cuba, qui sont en train de changer…

Oui, pourquoi pas ? C'est à toi de voir si prendre 2012 au lieu de 2010 donne une autre perspective à l'histoire. Moi depuis ici, je ne peux pas le savoir.

Quant à la négociation avec l'éditeur, je ne sais pas quoi dire. Nous aurons une idée plus claire du projet quand nous y aurons travaillé ensemble.

Je n'ai encore aucune certitude, j'espère avoir un peu répondu à tes questions. Pour ma part, je continue à y réfléchir et je te ferai part de mon sentiment le plus rapidement possible.

Pendant que mon esprit cubain cartésien essayait d'établir des règles permettant de développer l'histoire et surtout de déterminer les points d'accord à partir desquels imaginer la structure et le rythme de la narration, Cantet, de son côté, laissait presque toutes les portes ouvertes à des possibles mutations, suggestions, idées neuves qui pouvaient surgir (et ont surgi) durant le processus de travail. À l'exclusion d'une condition non négociable : l'histoire des retrouvailles entre les cinq personnages devait se dérouler en une seule soirée et un seul lieu, car il ne voulait pas que le sujet soit perturbé par des interférences superflues : la seule chose qui l'intéressait, c'était le drame des personnages que nous avions créés et dont l'histoire devait être affinée durant le processus d'écriture… qui a commencé et défini ses grandes lignes durant cette intense semaine de travail aux environs de la gare de l'Est à Paris.

Et ainsi, fin 2012, Cantet et moi (avec la collaboration de Lucía, Elisa Rabelo et François Crozade), nous avions une version presque définitive du scénario de ce qui portait le titre provisoire de *Retour à Ithaque* (Cantet voulait un autre titre, il n'arrêtait pas d'en chercher un, il me pressait de lui faire des suggestions), écrit non à la manière d'un scénario mais comme s'il s'agissait d'un récit romanesque que j'avais organisé en grandes parties qui ensuite, dans le processus de réécriture, deviendraient des séquences. Dans ce texte ressortait déjà ce qui allait être le sujet de l'histoire et, avec lui, les conflits et les motivations qui allaient inspirer les personnages : le drame de l'exil, l'exil intérieur, le retour à la terre natale (Ithaque) débouchant sur l'histoire d'une génération, de ses sentiments et de ses réactions ; de l'espoir et l'enthousiasme à la révolte juvénile et à la frustration de l'âge mûr, de l'amitié à la trahison (ou au moins au soupçon de la trahison), avec le poids des décisions personnelles et celui des décisions institutionnelles sans appel, et telle une ombre mobile et omniprésente, le sentiment de peur s'étendant comme une tache sur la vie et les destins des personnages.

Au-delà de ces points d'accord essentiels, ce texte dramatique original prêt fin 2012 constituait une histoire qui non seulement satisfaisait les exigences de Cantet à cette étape du travail mais, surtout, constituait un matériau littéraire à partir duquel Didar Domehri pouvait commencer à chercher de l'argent dans toutes les poches possibles afin de monter une production à bas coût mais qui, comme pour n'importe quel long-métrage de fiction, impliquait notamment des dépenses de pré- et post-production.

Si j'ai déjà dit que travailler avec Cantet avait été un privilège, je dois ajouter que je le considère aussi comme un luxe. Pour quelqu'un qui ne prétend pas être scénariste, et qui plus est pour quelqu'un qui rejette beaucoup des exigences de cette profession, l'expérience a été enrichissante, car elle a signifié la possibilité d'avancer de concert dans ce travail qui peut être ingrat avec un réalisateur capable de vous donner un très grand espace de liberté créative, un espace qui pour moi est aussi devenu un défi, un moyen d'exprimer mes obsessions… Même si, pour être tout à fait honnête, je dois dire que tandis que j'apportais du contenu, une connaissance de l'intérieur de la réalité cubaine, la façon de s'exprimer des personnages, Cantet de son côté n'a jamais lâché le fil conducteur du projet artistique : sans savoir encore les couleurs qu'il utiliserait pour peindre la scène, il savait déjà comment la peindre et où il voulait en venir dans ce long voyage pour Ithaque.

Scène 6

(Flash forward.) Sans idée précise de sa destination, sans même savoir si ce que j'ai raconté intéresserait quelqu'un, j'ai commencé à écrire une première version de ce texte d'introduction fin décembre 2013. Pendant que j'écrivais, Laurent Cantet était dans l'avion pour Paris avec le résultat de trois semaines de tournage intensif sur une terrasse de La Havane. La veille de son départ, pendant la traditionnelle fête de fin de tournage, Cantet m'a avoué qu'à ce stade, il ne savait pas exactement ce qu'il avait filmé, quel film il ramenait dans ses supports numériques. Il avait besoin de quelques jours pour se reposer et prendre de la distance, pour commencer à visionner les rushs avant d'entreprendre le montage. Comme je n'avais pas beaucoup été sur le tournage sauf pour des instants assez brefs, je n'avais pas non plus idée de ce que pourrait donner le film une fois monté… mais j'avais au moins une certitude : Laurent Cantet, avec des moyens modestes et un temps de tournage réduit (dix-sept jours !), avait réalisé le meilleur film possible à partir du texte que nous avions écrit.

Comme le veut le cinéma, le processus d'écriture de *Retour à Ithaque* avait été long et compliqué, précis et soigné, car, à rebours de ce que Cantet aime faire (improviser, faire des expériences, tester la capacité des acteurs à se transposer dans les personnages), cette fois il avait dû filmer en peu de temps avec un budget très réduit, et il avait exigé de moi "un scénario en béton".

À partir du long scénario romancé, rédigé fin 2012, après nos séances de travail parisiennes, nous avons écrit durant l'année 2013 les versions successives nous menant au texte cinématographique définitif. La méthode employée a été à la fois simple et compliquée à cause de la connaissance limitée de l'espagnol par Cantet à l'époque – pour améliorer son niveau, il a pris des cours particuliers, et a fait rapidement de gros progrès, au point de commencer à m'envoyer des mails dans ma langue : à partir de l'argument j'ai écrit un premier scénario, en approfondissant les situations et les conflits entre les personnages, et Cantet l'a lu à Paris avec l'aide d'Elisa Rabelo et de François Crozade. Et ils m'ont renvoyé le scénario avec leurs suggestions, commentaires, rajouts ou coupes, pour que je le réécrive. Comme cela tenait d'un duel ou d'un combat, avec toujours la volonté de faire mieux, j'ai commencé à appeler les différentes versions des rounds, et nous nous sommes lancés dans le combat de l'écriture.

Dans mon ordinateur j'ai plusieurs rounds en mémoire qui se sont ensuite appelés des versions, avant de parvenir à la définitive qui porte le numéro 13. Mais il y a des archives avec des numéros tels que 5A, 5BA, 5BCA, ce qui signifie que les 15 rounds que durent les combats les plus acharnés ont été dépassés. À chaque reprise l'histoire s'est affinée, précisée, fluidifiée, jusqu'à ce que je remette à Cantet le scénario dont il avait besoin, qu'il exigeait de moi. Le scénario que, presque geste à geste, phrase à phrase, il allait tourner en dix-sept jours de travail intense avec des acteurs totalement immergés dans l'histoire, travaillés au cœur pour que leurs sentiments et leurs idées soient ceux des personnages de l'histoire*. On avait donc le principal. Laurent Cantet se chargerait du reste pendant les mois suivants quand il

* Dans une des discussions que nous avons eues quand la sortie du film à Cuba a été repoussée, l'acteur Pedro Julio Ferrán a déclaré à un fonctionnaire de l'Institut du cinéma : "Tout ce que dit ce film est vrai… Je suis Aldo", c'est-à-dire qu'il était son personnage.

réaliserait la tâche si difficile de montage et d'édition qui donnerait la forme définitive à son œuvre, à son film *Retour à Ithaque*.

Scène 7

La première mondiale de *Retour à Ithaque* a eu pour cadre la Mostra de Venise et le Festival de cinéma de Toronto, en septembre 2014. À Venise, le film a gagné le prix des Journées des auteurs. La troisième projection a eu lieu au festival de Saint-Sébastien, où il n'était pas en compétition, mais où le film a été montré en présence de ses cinq acteurs. Puis au 23e Festival de Biarritz-Amérique latine, il a obtenu le prix Abrazos du meilleur film. Sa sortie commerciale a été programmée à Paris en décembre de la même année, presque au même moment que sa projection au Festival Internacional del Nuevo Cine Latinoamericano de La Havane, auquel, s'agissant d'une production française avec un sujet cubain, il avait été invité hors compétition, pour une projection unique qui a été programmée, annoncée… puis annulée.

L'histoire à partir de là est, dans ses grandes lignes, du domaine public car les batailles se sont pour la plupart déroulées sur Internet ou via des mails qui ont circulé entre de longues listes de destinataires. La décision de la direction de l'ICAIC (Instituto de Cine cubano) de suspendre la projection de *Retour à Ithaque* a été prise sous prétexte que la direction de l'Institut n'avait pas pu voir le film. Mais ni les artistes cubains impliqués dans le projet (acteurs, producteur, scénariste) ni les autres collègues du secteur, nous n'avons accepté cette décision institutionnelle, qui ne nous semblait pas admissible (les films projetés au Festival ne sont pas tous visionnés avant par la direction de l'Institut) et nous avons lancé un débat, souvent mené publiquement, contre ce que nous considérions comme un acte inadmissible de censure artistique, une attitude qui renvoyait à des temps que nous tous les créateurs nous pensions révolus, et dont nous croyons qu'ils sont révolus, malgré de nombreuses évidences du contraire…

La décision de projeter finalement *Retour à Ithaque* dans le cadre de la programmation du Festival de Cine Francés célébré tous les ans à Cuba a été le fruit d'une victoire collective des créateurs cubains, particulièrement les cinéastes. Et les applaudissements à l'issue de la projection, le 2 mai 2015, ont confirmé que nous avions raison et que l'art a encore beaucoup à faire et à dire dans une société telle que la société cubaine, qui a besoin de plus d'espaces de confrontation, de débat, de liberté d'expression.

De nombreux jugements esthétiques, favorables ou hostiles au film ont été émis, tous pertinents dans la mesure où une œuvre d'art peut faire l'objet des interprétations les plus diverses et satisfaire, ou non, les goûts les plus différents. Mais le plus gratifiant pour nous tous qui avions participé au projet a été de savoir que nous avions réalisé une œuvre qui ne laissait pas les spectateurs indifférents, y compris, sur le fond, sur le plan des idées. Et même si le film a fait l'objet d'accusations extra-artistiques à Cuba et ailleurs, il est surtout devenu une référence et presque un document, par sa capacité à représenter une réalité et une époque complexes, contradictoires, dramatiques pour ceux qui de près ou de loin ont partagé la vie de cette petite île des Caraïbes, cette île à laquelle nous appartenons et qui, par naissance et culture, nous appartient*…

Le plus singulier de l'histoire étant que Laurent Cantet, qui est français, a réalisé un film non seulement

---

* Lors de sa présentation à Miami, à la cinémathèque de Coral Gables, en novembre 2015, la réaction d'un public majoritairement cubain et affecté par le drame de l'exil, qui est un des thèmes du film, nous a démontré, humainement et culturellement, que le voyage de ce film n'était pas complet sans cette présentation dans la ville où vit le plus grand nombre d'exilés cubains.

profondément cubain mais viscéralement nécessaire : rarement je crois (j'ose l'écrire et j'assume les réactions possibles), de façon aussi profonde et douloureuse, on aura montré au cinéma les drames existentiels et matériels d'une génération de Cubains qui, qu'ils vivent sur l'île ou dispersés à travers le monde, se voient eux-mêmes comme les acteurs et les survivants d'une expérience traumatique que l'histoire, le destin, la politique et la géographie nous ont fait vivre parce que nous sommes nés et avons vécu dans le pays qui est le nôtre. Le pays où nous sommes nombreux à avoir continué à vivre, à créer, à travailler, parce que, comme le dit le personnage d'Amadeo : "Ce pays est aussi mon pays… Mon-pays, bor-del !" "Ma maison." Celle de tous les Cubains.

Leonardo Padura
Novembre 2015

SÉQUENCE 4

Retour à Ithaque
Scénario pour un court-métrage du film
7 jours à La Havane

Leonardo Padura Fuentes

PERSONNAGES

Amadeo, Aldo, Tania, Rafael (Rafa) et Eduardo (Eddy).

Ils ont un peu plus de cinquante ans. La couleur de leur peau n'a pas grande importance. Ils sont cubains, de La Havane, et ce sont de vieux amis. Amadeo est écrivain et vit en Espagne depuis seize ans, il est resté là-bas durant la tournée d'une compagnie de théâtre dont il était le dramaturge ; Aldo, ingénieur mécanicien qui n'a plus de travail, fabrique des batteries automobiles dans un atelier clandestin ; Tania, ophtalmologue ; Rafa, peintre, sans talent particulier ; Eddy, journaliste de formation, n'a jamais exercé et dirige une entreprise artistique.

ARGUMENT-SCÉNARIO

Le texte propose une structure dramatique que les acteurs, dans la mesure où ils s'approprient les personnages et le conflit généré, peuvent enrichir au moment de la mise en scène.

Le soir tombe sur un toit-terrasse de La Havane. D'un côté on aperçoit la mer, au-delà du mur du Malecón, que l'on voit à travers les grilles qui délimitent l'espace ; de l'autre côté la ville, immédiatement reconnaissable, avec ses toits, ses antennes de télévision, ses pigeonniers, son linge qui sèche au soleil, ses constructions précaires. Un simple regard alentour nous montre que nous sommes à La Havane en 2010.

Les cinq personnages sont sur la terrasse. Une porte en bois, plutôt délabrée, semble donner accès à un escalier et aux étages inférieurs. Une table basse est au centre de la terrasse avec dessus des choses à manger, une bouteille de rhum blanc, un magnum de whisky Black Label et une glacière. Il y a aussi un gros paquet de café italien. Les chaises qu'ils occupent sont dépareillées, plus ou moins inconfortables. Dans un coin, il y a un lecteur CD, avec une pile de disques posée à côté.

L'action commence comme si quelqu'un – le spectateur – avait passé la tête par la porte de l'escalier ou comme s'il espionnait depuis un toit proche et qu'il observait ce qui se passait entre les cinq personnes réunies là.

Tableau 1

Il y a du mouvement. On entend *Eva María* des Formula V (ou une autre chanson, bien rythmée, de cette époque). Les cinq amis sont en train de danser, même si Aldo, qui sourit, bouge à peine, à côté de la chaîne. Eddy, au centre, fait un geste théâtral à l'intention de ses amis, se touche la tempe, faisant appel à leurs souvenirs et commence à chanter lui aussi en dansant dans le style de la fin des années 60. Cela fait rire tout le monde mais Eddy garde son sérieux. Rafa se place à côté d'Eddy, comme s'il jouait de la guitare et se met à chanter avec lui…, mais c'est une version qui dit : *"Juana María est partie chercher le soleil à la plage… mais à force de se faire dorer, c'est sa chatte qui a brûlé…"* Ils rient. Aldo les regarde, en secouant la tête, et se met à danser lui aussi. Amadeo prend Tania par la main et danse avec elle… La scène oscille entre le ridicule et le comique, des quinquagénaires en train de chanter et de danser le rock. Pendant qu'Amadeo danse avec Tania, il retrouve son sérieux, il approche son visage du sien et lui dit :

– Tania, je ne suis pas venu à Cuba en vacances… Je ne vais pas retourner en Espagne. Je vais rester.

Le visage de Tania reflète la stupéfaction provoquée par cette nouvelle. La musique s'arrête.

Ils sont assis autour de la table, où il y a une bouteille de rhum entamée, un magnum de whisky presque plein et des choses à grignoter. On entend maintenant, en sourdine, un disque de boléros de Bola de Nieve.

Rafa, qui regarde Amadeo comme s'il ne le croyait pas, lui demande pourquoi il veut revenir à Cuba.

Amadeo leur explique que, même si cela fait seize ans qu'il vit en Espagne, il s'y est toujours senti étranger. Aldo connaissait déjà sa décision – il dit cela en regardant Aldo, qui a l'air concentré – mais il voulait que ce soient eux, ses meilleurs amis, qui le sachent d'abord.

Rafa sourit, il n'y croit toujours pas :

– En fait, tu te fous de notre gueule ?

Amadeo a un sourire triste et lui répond que non, que c'est sérieux : il reste à Cuba. Même si là-bas il ne vit pas mal, il lui manque des choses. Ce qu'il regrette le plus, ce sont les amis, et le sentiment d'être un écrivain, qu'il a perdu depuis longtemps.

Rafa et Eddy sont stupéfaits, Aldo est très sérieux, et Tania fait la moue.

Eddy, qui n'y tient plus, intervient enfin :

– Je crois que tu es devenu fou, mon vieux, complètement siphonné… Est-ce que tu te rends compte de la situation ici ? les gens se barrent par la fenêtre… et toi, tu veux rentrer, *maintenant* ?

Amadeo prend un paquet de fruits secs comme si c'était un bouclier et regarde Eddy :

– Et toi alors, pourquoi tu es resté à Cuba… ?

Tania, qui fait toujours la tête, commente à voix basse :

– Parce que Eddy est un petit malin, et qu'il vit mieux que…

Eddy proteste :

– Je me suis pas barré et je me barre pas parce que j'en ai pas envie, un point c'est tout, merde…

Aldo intervient, pour essayer de remettre de la logique :

– J'ai déjà expliqué à Amadeo que cette histoire de revenir pour rester est une énorme connerie, le plus probable, c'est qu'ils essayent de le virer de nouveau.

Amadeo :

– Mais ils vont pas pouvoir me virer, c'est mon pays aussi…

Rafa secoue la tête en souriant :

– Mais qu'est-ce qui lui arrive à lui ? – Il regarde Amadeo : – Tu es naïf ou complètement cynique… ? Tu cherches vraiment la merde ? Tu sais qu'ils peuvent même te foutre en taule ? Et s'ils veulent te virer, ils te virent, ils en ont rien à foutre, si tu t'es barré une fois, ce n'est plus ton pays, t'es pas au courant peut-être… ?

Amadeo hoche la tête et Tania rejoint la conversation :

– Même si c'était facile, tu peux pas rester à Cuba. Pas toi…

L'épais silence qui s'installe est seulement rompu par la musique en toile de fond : *La vie en rose*.

Eddy met la main dans la glacière pour prendre des glaçons et la retire toute dégoulinante d'eau. Il met les restes de glace dans son verre et se sert un whisky. Puis il montre du doigt le lecteur de CD :

– D'après Bola de Nieve, vous savez pourquoi les fêtes à La Havane ne sont plus ce qu'elles étaient… ? – Les autres le regardent, un peu interloqués. – Parce qu'il n'y a plus de glaçons…

Aldo :

– Il en reste en bas.

Tania :

– Je vais en chercher. – Elle dit ça comme si elle avait trouvé une issue de secours.

Tania est à peine sortie, emportant au passage le paquet de café italien, que Rafa boit son verre et dit :

– Écoute, Amadeus, oublie ce que je t'ai dit… Si tu veux revenir, tu peux compter sur moi. J'irai voir et parler à qui il faudra.

Amadeo murmure :

– Je sais que je me prépare de sacrées emmerdes…

Rafa hoche la tête mais poursuit :

– Bon, bon… Après tout il fallait bien qu'un jour l'un de nous fasse ce dont il a envie. Tu es resté là-bas parce que tu le voulais bien ; et maintenant tu as envie de revenir, eh bien fais-le aussi. Merde, après tout c'est vrai, c'est aussi ton pays… Nous on a passé notre putain de vie à faire ce que d'autres nous disaient de faire…

Eddy intervient :

– Arrête de dire que tout est de la faute des autres, Rafa, c'est pas vrai non plus…

Rafa s'énerve :

– Comment ça, pas vrai ? Tu crois peut-être que j'ai choisi de peindre les merdes que je peins ? Sauf que si je les peins pas, je bouffe pas… Et pourquoi, putain, Aldo a dû aller faire la guerre pendant deux ans à l'autre bout du monde, une guerre où il voulait pas aller et où il aurait pu crever ? Parce qu'on l'a envoyé là-bas et qu'il avait pas le choix. Et toi, au fait. Pourquoi tu t'es fait enrôler dans cette saloperie de ministère et tu as arrêté d'écrire ?

Pour répondre, Eddy regarde Amadeo et pas Rafa :

– Parce que ici le seul écrivain c'est Amadeo… Moi j'ai jamais été un vrai écrivain. Et parce que j'aime mon confort et que ça sert à rien de se prendre la tête…

Tania arrive et pose sur la table un seau avec des glaçons, mais Eddy ne se sert pas, il continue son discours :

– Et parce que s'il y a trente ans j'avais écrit ce que j'avais envie d'écrire, ils m'auraient pas raté.

Aldo finit son verre d'un coup et renchérit :

– Parce qu'on avait peur… parce qu'on a encore peur.

Rafa rompt le silence qui a suivi la phrase d'Aldo :

– C'est vrai, la peur nous a bouffés… Tu sais, Amadeo, pourquoi moi je me suis pas tiré où je pense ? Je sais qu'avec ce que je peins, j'aurais de quoi vivre là-bas. Je deviendrais, ni riche ni célèbre, aucune chance, mais les trucs que je peins ça se vend à peu près. Mais j'ai peur, comme dit Aldo, peur de ne même plus pouvoir peindre les merdes que je peins, parce que si je ne pouvais pas peindre, je crois que je deviendrais dingue. N'importe quoi, mais il faut que je peigne… En plus, avec le fric qu'on gagne ici, on s'en tire… comme ma femme bosse dans une galerie, elle s'occupe de mes trucs, elle les vend…

Amadeo :

– Une femme, laquelle ?

Tania répond sur un ton sarcastique :

– La gamine… Une petite métisse de trente ans, il en est dingue.

Rafa sourit, il est évident qu'il est fier de son trophée, et il lance à Tania :

– Jalouse…

Il y a de l'amertume dans le sourire de Tania :

– Jalouse ? Elle est même pas jolie ta petite black ! Avec vingt-cinq ans de moins, je la prends où elle veut, quand elle veut…

Aldo et Amadeo approuvent bruyamment. Aldo, toujours souriant, s'adresse à Rafa :

– Mais t'as changé d'orientation, maintenant tu fais dans l'abstrait.

– Bien obligé. Un jour j'ai regardé tout ce que j'avais peint et j'ai trouvé que c'était de la merde, de la merde en long et en large, malgré ce qu'on disait de moi et les expositions qu'on me faisait. Je suis entré en crise et je me suis mis à peindre La Havane que je voyais, avec les pannes d'électricité et la saleté. J'allais être exposé à Rome et du jour au lendemain, personne ne sait ni comment ni pourquoi, je me suis retrouvé exclu de l'expo, du catalogue, de tout. Je vous ai rien dit à vous parce que je voulais pas passer pour parano, mais il y a quelqu'un à qui mon travail n'a pas plu, qui a mis une croix sur mon nom, et hop, fini ! C'est là que j'ai commencé à peindre ce que je fais maintenant, quatre coups de brosse, j'étale la merde, et c'est bon… C'est vrai que c'est nul, mais au moins j'ai pas de problèmes…

Les autres écoutent Rafa sans rien dire, mais Amadeo semble plus intéressé.

– C'était quand cette histoire d'expo, Rafa ?

– En 1994… je crois.

Amadeo regarde en direction de la mer ; il réfléchit.

Tania boit une gorgée et regarde Amadeo en face :

– Écoute, Amadeo, tu fais ce que tu veux, mais il faut que je te dise quelque chose pour que tu saches bien comment… Tu sais de quoi je vis, moi… ?

Eddy penche la tête vers Amadeo et lui murmure :

– Elle est devenue pute ?

Tania ne l'entend pas, ou fait comme si elle ne l'entendait pas et poursuit :

– Je vis du fric que m'envoie de Miami un de mes fils, une misère, mais c'est vingt fois plus que ce que je gagne comme spécialiste en ophtalmologie, à opérer des yeux et à les nettoyer. Je vis des cadeaux de mes patients, qui achètent mes faveurs avec deux ou trois poulets, un sac de *malangas*, un litre d'huile ou une bouteille de whisky, que je revends ensuite au voisin d'à côté… Oui, Eddy, plutôt qu'être un toubib crevant la faim avec son salaire, je suis une pute, parce que c'est pas seulement avec son cul qu'on fait la pute. Et ça, toi, tu le sais très bien…

Eddy, qui jusque-là souriait, surtout quand il se sentait attaqué, réagit :

– Lâche-moi un peu… Ce que j'ai, je l'ai gagné, regarde – il se passe le doigt sur le front, comme pour essuyer la sueur –, grâce à mon travail…

C'est Aldo cette fois qui réagit :

– Déconne pas, c'est quoi ton boulot, te faire refiler un tableau par les peintres que tu aides à exposer et à vendre à Paris ? Et les tableaux qu'on t'a offerts et que tu as vendus par l'intermédiaire de la femme de Rafa, le fric tu l'as déclaré ou tu as un compte planqué en Europe… ?

Tania renchérit :

– Amadeo dit qu'il reste et je crois bien que lui – elle désigne Eddy –, il est sur le point de se faire la malle…

Eddy a l'air cette fois fâché pour de bon, il se lève :

– Merde, c'est quoi ces conneries, et avec une jambe il accroche la table qui est au centre et fait tomber le bol avec les olives et les bouteilles de whisky et de rhum qui se cassent par terre. Tous restent figés, à regarder le verre brisé, le liquide qui se répand et les olives éparpillées.

Rafa proteste :

– Manquait plus que ça !

Eddy, gêné, dit alors :

– C'est pas grave, je vais aller chercher des bouteilles de rhum añejo dans ma voiture. Vous allez voir, c'est du bon, murmure-t-il tout en sortant.

Aldo :

– Je crois que j'ai été trop loin. Il va falloir que je m'excuse.

Aldo prend un balai pour rassembler les débris de verre et les olives, fâché contre lui-même. Tout en balayant, il se parle à lui-même :

– Quand je repense à toutes ces conneries sur le sacrifice et l'avenir. – Et il ajoute, en se retournant vers les autres : – Un avenir, tu parles d'un putain d'avenir ! – Il ouvre les bras, en tenant toujours le balai. – C'est pour ça que je me suis fait chier toutes ces années ?

Tableau 2

Le soir tombe. Eddy arrive avec à la main un luxueux étui de deux bouteilles et un sac de friandises.

– Regardez un peu ça, dit-il en posant l'étui sur la table avant d'en extraire délicatement une des bouteilles. De l'añejo extra vieux, quinze ans d'âge. – Il débouche la bouteille et hume son contenu. – Magnifique, conclut-il.

Tania lui arrache la bouteille et dit :

– Donne-moi ça, vous cassez tout quand vous êtes soûls.

Tania verse une petite quantité de liquide sur le sol.

– Pour ceux de l'au-delà, dit-elle, sans pouvoir éviter de regarder Amadeo.

Ils sont tous assis. Amadeo essaie de sortir des glaçons du seau mais ils ont tous fondu.

Aldo dit :

– Attends.

Et il fait mine de se lever, mais Amadeo le retient :

– Ça ne fait rien, dit-il, et il poursuit : – Écoutez, ne croyez pas que de l'autre côté du Malecón – et d'un geste il indique la direction de la mer –, les choses soient très différentes. Tout le monde n'a pas la vie facile et, pour des gens comme nous, ce n'est pas facile de s'adapter. Ici au moins, on peut avoir ses proches, les amis sont là…

Aldo sourit tristement et dit :

– Ça c'est vrai. Moi-même, après tout, je ne peux pas me plaindre. Tant que cette maison ne se sera pas effondrée, au moins j'ai une maison, et il y a beaucoup de gens qui n'ont même pas ça… Bon, d'accord ma femme s'en est trouvé un autre parce qu'elle disait que je n'étais qu'un raté et un alcoolique de merde et l'atelier où je travaillais est fermé, et je crois bien que c'est pour toujours… Mais je ne peux pas me plaindre, non, je me fais un peu de fric en fabriquant des batteries de voiture avec un mec du coin, même si je m'attends à ce que la police débarque un jour et nous embarque, nous et les batteries, vu que tout ce qu'on utilise pour les fabriquer, on l'achète à des gens qui le volent dans les entrepôts d'État... Regardez mes mains, regardez ça... – Il les oblige presque à regarder ses mains. –... brûlées par l'acide... et je me répète à moi-même, comme ça, tous les jours, que je n'ai pas à me plaindre. C'est vrai, pourquoi je me plaindrais ? Pour en arriver là, j'ai fait des études d'ingénieur, j'ai coupé de la canne à sucre, j'ai semé du tabac... j'ai été faire la guerre en Angola... Pourquoi je me plaindrais ?

Les autres restent un instant silencieux.

Tania se râcle la gorge et se livre :

– C'est pour ça que moi, quand mon ex a décidé de se barrer et m'a demandé si je le laisserais emmener les enfants, je n'y ai pas réfléchi à deux fois et je lui ai dit oui... J'en avais rien à foutre si ça me brisait le cœur d'être séparée d'eux, rien à foutre de crever de solitude, bordel, c'était la seule solution. Pourquoi j'aurais voulu qu'ils restent ? Pour qu'ils s'inventent une vie où on fabrique des batteries parce que aucun salaire ne permet de vivre ? Non, je ne pouvais pas les laisser finir comme nous...

Tania se lève et va jusqu'au mur qui donne sur la mer. La nuit est tombée. Sur le Malecón, il y a des gens assis, et au-delà, la mer, déjà sombre, à peine éclairée par un réverbère et par les taches de lumière de deux ou trois embarcations. La lumière du phare du Morro balaie périodiquement la surface noire.

Amadeo regarde ses amis. Rafa regarde Tania, Eddy regarde les débris de verre, Aldo boit de façon presque désespérée. Le silence est épais. Rafa se lève pour aller mettre un autre disque dans le lecteur, il ne se décide pas, finit par choisir. C'est Pablo Milanés : *Para vivir*. Pendant ce temps, Amadeo s'est levé, avec un verre dans chaque main, et a rejoint Tania, qui regarde toujours la mer. Il lui tend un verre, elle le regarde à peine. On entend la musique, pas très fort.

Amadeo, qui regarde aussi la mer, dit à Tania :

– Je ne savais pas que tes enfants étaient partis.

– Il y a dix ans. Ils m'envoient un peu d'argent de temps en temps, mais ils ne viennent pas me voir. Et moi je ne peux pas y aller, aux médecins, comme tu sais, on ne donne pas de permis de voyage. Non, Amadeo, tu ne sais pas ce que c'est que la solitude…

Amadeo secoue la tête, comme pour dire non, et observe encore la mer tout en disant :

– Tu crois vraiment qu'Eddy veut se barrer ?

– Pourquoi ça t'étonne, ici y a un sacré paquet de gens qui veulent se barrer…

Amadeo pousse un soupir :

– Quand je suis resté là-bas, juste après, j'ai écrit une nouvelle. Il y avait un personnage qui se demandait ce qu'était le Malecón pour les Cubains : un début ou une fin ?

Tania réflechit :

– Ça dépend, pour certains c'est la fin… Tu ne peux pas revenir maintenant… Tu es parti seul, tu n'es même pas rentré pour l'enterrement d'Ángela, tu ne peux pas revenir maintenant.

Amadeo ne tourne pas la tête, il encaisse le reproche de son amie.

– Je ne savais pas que je resterais là-bas, c'est pour ça que j'ai même pas dit au revoir… Le plus dur a été de partir sans Ángela, mais je te jure sur ma mère que je ne pouvais pas faire autrement… Quand elle est tombée malade, j'ai voulu revenir, mais je n'ai pas osé, j'ai eu peur.

Cette fois, Tania le regarde :

– Même si vous n'étiez pas mariés, elle était ta femme, Amadeo, et ma meilleure amie. Elle ne méritait pas la saloperie que tu lui as faite… Pour elle, le Malecón a été la fin…

– Je sais qu'elle ne méritait pas ça, mais je ne pouvais pas rentrer. Je sais, c'est incompréhensible…

– Et aujourd'hui tu peux… ? Tu es vraiment un salaud… – Tania va rejoindre les autres et laisse Amadeo seul. Tania éteint la musique en murmurant : – Ça suffit, là… – Et elle s'assoit.

Rafa, Aldo et Eddy échangent un regard surpris. Aldo, le plus imbibé, appelle Amadeo pour qu'il les rejoigne.

– Allez, mec, viens par ici.

Amadeo se retourne mais reste appuyé contre le muret pour boire une gorgée.

Rafa demande à Amadeo :

– Et tu crois qu'ici tu vas arriver à écrire le roman que tu mijotes ?

Aldo demande :

– Il parle de quoi ce roman ?

Amadeo ne répond pas, il essaie de sourire.

Eddy intervient :

– D'après ce qu'il m'a dit il y a deux ans quand on s'est vus à Madrid, ça a un rapport avec nous, ou avec des gens comme nous… Putain, tu parles d'une idée…

Amadeo finit par s'approcher, il s'assoit sans regarder Tania.

– Je ne sais pas si je vais pouvoir écrire, et je crois que je m'en fiche. – Il s'adresse à Eddy : – Je n'ai pas commencé de roman, je t'ai dit ça parce que ça me faisait chier de me dire que ça faisait dix ans que j'avais à peu près rien écrit. Pas foutu d'aligner trois phrases, la panne sèche…

Eddy essaie de détendre l'atmosphère :

– Moi, ça fait trente ans que j'écris plus et regarde-moi, tranquille…

Amadeo boit dans son verre sans glaçons et le repose sur la petite table. Il regarde Rafa.

– Rafa, si on t'a retiré du catalogue de cette expo à Rome, c'est parce qu'ils t'avaient à l'œil. Quand les choses ont empiré, après 90, tu as commencé à parler un peu trop et ils t'avaient à l'œil.

En entendant Amadeo, les mines des autres sont redevenues sérieuses. Rafa réagit :

– Et comment tu sais ça ?

Amadeo regarde par terre, hésitant, honteux :

– Parce qu'un jour quelqu'un est venu me voir pour que je lui parle de toi…

Aldo sourit, il ne comprend pas, il essaie de retrouver ses esprits :

– Mais de quoi tu parles, Amadeo ?

– Ils me tenaient par les couilles. J'avais bossé pour une compagnie de théâtre latino à New York et j'ai touché cinq cents dollars sans autorisation pour. Un jour où j'avais bu un coup de trop, je me suis retrouvé à dire des choses que j'aurais pas dû dire en public… Une femme est venue me voir, elle disait qu'elle s'appelait Gladys, j'oublierai jamais ce nom, et elle m'a dit que s'ils pouvaient compter sur mon aide, ils oublieraient ce que j'avais fait et raconté… Ils pouvaient me faire virer de la troupe, foutre ma vie en l'air, et même m'envoyer en taule pour cette histoire de dollars. Elle m'a posé des questions sur d'autres membres de la troupe et j'ai été assez lâche pour lui dire des trucs, c'étaient que des petites conneries, des ragots, mais j'ai parlé… parce que j'avais peur. Et c'est comme ça que je me suis retrouvé coincé. Et un jour, Gladys est venue me trouver pour que je lui parle de toi, Rafa.

Le silence est épais, douloureux. Rafa demande :

– Et tu as fait quoi ?

– Je lui ai dit que même si on se connaissait depuis qu'on était mômes, on ne se voyait plus beaucoup, qu'il fallait qu'elle me laisse du temps. Putain, je savais pas comment m'en sortir. Quinze jours plus tard, je suis parti en Espagne avec le groupe… – Il s'adresse alors à Tania : – C'est pour ça que j'y suis resté et que je ne pouvais pas rentrer… Ángela était au courant de la merde dans laquelle j'étais, et quand j'ai décidé de rester, je lui ai écrit une lettre et je lui ai dit de ne jamais rien dire à personne. Et elle n'a jamais parlé, même pas à toi qui étais comme une sœur.

Tout le monde est sous le choc de la révélation qui éclaire les décisions d'Amadeo. Sur le visage de Tania, on lit moins la surprise que la honte de son attitude et de ce qu'elle a pensé d'Amadeo durant toutes ces années. Eddy plonge la main dans le seau et explose, une réaction disproportionnée qui libère toute sa frustration :

– Putain de bordel de merde, comment ça se fait qu'il n'y a jamais de glaçons dans ce truc à la con !

Les autres ne bronchent pas, comme si c'était une remarque naturelle.

Amadeo murmure alors :

– Je ne sais pas si Gladys et ses potes me laisseront rester à Cuba, mais j'ai pas l'intention de repartir.

Rafa, qui n'a pas cessé de regarder Amadeo, lui dit :

– Alors en fait, Amadeus, si t'es resté là-bas, c'est ma faute ?

C'est Eddy qui intervient :

– C'est la faute de personne.

Et Aldo demande :

– Comment ça, personne ?

C'est à cet instant que par la porte de l'escalier entre la mère d'Aldo, une vieille dame de quatre-vingts ans, qui porte un plateau avec cinq tasses de café. Tania est la première qui l'aperçoit et elle se dépêche d'aller à sa rencontre.

– Mais pourquoi tu m'as pas appelée, Fela ? Tu pourrais tomber dans cet escalier...

Fela lui tend le plateau et regarde son fils et ses amis. Elle fait deux pas en direction d'Amadeo, qui s'approche pour l'embrasser.

Fela lui dit :

– Je savais que je pouvais pas mourir avant de t'avoir revu...

– Toi, tu ne mourras jamais, Fela.

Tableau 3

Il y a un autre disque dans le lecteur de CD ; Pedro Luis Ferrer chante *¿Qué misterio hay en ti?* Assis autour de la table les cinq amis sont en train de boire du café. Ils sont silencieux, avant qu'Aldo demande à Amadeo :

– Hé, mec, ce café, tu dis qu'il vient d'où ?

– D'Italie. Il est bon, non ?

Rafa :

– Très bon.

Tania ajoute :

– On voit que c'est Fela qui l'a fait. – Et elle en boit une gorgée.

Amadeo regarde Eddy et se décide à lui poser la question :

– Alors, c'est vrai, tu vas te tirer, mon pote ?

Eddy les regarde tous et sourit :

– Bon, on reste ici pour s'amuser, ou on va faire la fête ailleurs… ?

Avril 2010

SÉQUENCE 5

Le Palmier et l'Étoile
Fragments

Leonardo Padura

*Fragment 1**

La misère pouvait avoir ses compensations. Álvaro lui avait dit : tu t'en sors pour trente dollars ; en calculant que cela faisait cinq mille pesetas, Fernando avait eu du mal à le croire. Mais il y crut encore moins en contemplant la réincarnation de son argent : une table présidée par une marmite de riz *moro* brillant, aux grains bien séparés, surveillée par un plat débordant de boulettes de porc frites, une douzaine de *tamales* dans leur feuille, une pyramide de bananes mûres frites, une salade colorée de laitue, tomates et concombre, sans oublier un flan de citrouille endormi sur un océan de caramel, le tout préparé par une voisine d'Álvaro qui avait trouvé le moyen de gagner sa vie grâce à ses dons pour la cuisine créole, car son salaire de spécialiste catégorie A en planification lui permettait à peine de survivre une semaine. La boisson – deux caisses de bière, deux bouteilles de vin rouge et trois de rhum – était la contribution du Guajiro Conrado qui, toujours aussi rusé, refusa de révéler l'origine du butin.

À peine assis à table, Arcadio proposa un toast poétique en l'honneur de Fernando et tous trinquèrent. Ce fut alors qu'El Negro Miguel Ángel se leva et, avec son verre contre sa poitrine, il improvisa (ou peut-être pas) un de ses discours, dont il avait été si féru durant ses années de dirigeant estudiantin.

– Je voudrais aussi boire à nous tous. Je voudrais trinquer en souvenir des années où nous avons été amis. Aux bons souvenirs que nous avons partagés. À toutes les feuilles que nous avons écrites en pensant les lire sur cette terrasse.

* *Le Palmier et l'Étoile* (traduction d'Elena Zayas), Paris, Éditions Métailié, 2009, p. 37 à 45. (*NdT*)

À la mémoire de Enrique et de Víctor, les amis disparus qui, pourtant, sont bien présents. Je veux boire au miracle qui nous réunit aujourd'hui autour d'une table, plus de vingt ans après, et aussi pour que nous soyons capables de mettre de côté les rancœurs et les différends, et même de les oublier, car c'est sûrement ce que nous avons de mieux à faire…

Au fur et à mesure que le toast de Miguel Ángel prenait tournure, les autres se levèrent peu à peu. Fernando sentit croître la solennité tandis que les tensions se relâchaient et il observa la réaction de Conrado, Tomás et du bel Arcadio qui craignaient peut-être d'entendre quelque chose de déplacé. Mais ils trinquèrent, eux aussi, avec El Negro et les Merles Moqueurs survivants.

Pendant qu'ils mangeaient en se racontant des souvenirs agréables, Fernando ne put s'empêcher de faire le portrait de famille, pressant sa mémoire à la recherche d'un signe venu du lointain passé qui lui permettrait de désigner un de ces hommes comme le délateur qui avait bouleversé sa vie : en face de lui, à l'autre bout de la table, Álvaro parlait, physiquement délabré par l'alcool mais avec son éternelle étincelle d'insolence dans le regard. Après avoir reçu et lu les deux livres que son ami avait publiés, Fernando leur avait trouvé une force irrévérencieuse, à la fois démoniaque et scatologique, et il avait su qu'ils étaient le témoignage douloureux et sincère d'un homme incapable de se suicider d'un seul coup, mais qui savait se tuer à petit feu, avec application, comme s'il forgeait l'arrivée tant désirée de la fin.

À part ces poèmes et une fidélité à toute épreuve à ses coutumes et ses manies, peu de choses avaient survécu dans l'entourage de ce vieux compagnon que Fernando, même dans les jours les plus sombres, n'avait jamais pu croire capable de commettre une trahison : Álvaro lui était toujours apparu trop authentique pour dissimuler les tiroirs secrets indispensables à un traître. Assis à côté d'Álvaro, mais comme s'il appartenait à une autre espèce humaine et poétique, se trouvait le Bel Arcadio, épargné par les ravages du temps, vivant toujours pour la poésie, s'y consacrant avec une obstination de vestale et exhibant sur son front, comme s'il était né avec eux, les lauriers glanés grâce à son fanatique engouement. Fernando se souvenait des jours lointains où ils s'étaient connus ; ils venaient juste de s'inscrire à l'université et Arcadio écrivait des poèmes qui prétendaient établir une communication intelligente avec la réalité du pays ou avec celle, plus visible, de son quotidien personnel, paisible et mesuré. Mais cette dépendance n'avait pas tardé à s'effacer pour que sa poésie se suffise à elle-même et devienne l'écho viscéral du passage de l'homme le long des chemins imprévisibles et pourtant toujours semblables de la vie. Ses métaphores prosaïques de jeunesse s'assombrirent avec les années, comme son regard sur le destin et la solitude fondamentale de l'homme ; Arcadio égrena alors ses meilleurs poèmes. Cet effort poétique avait donné le jour à huit volumes, amplement diffusés, primés et commentés, et beaucoup considéraient Arcadio Ferret comme l'une des voix les plus remarquables de sa génération. On parlait même de l'influence qu'il exerçait sur les plus jeunes : sans vanité mais avec orgueil, Arcadio acceptait les éloges, les voyages, les médailles, les voitures mises à son service et même les cérémonies précoces organisées en son honneur, convaincu de les mériter. Cependant ces succès mondains suivaient des chemins parallèles à ceux de sa création, de plus en plus autonome et intimiste, à laquelle il vouait la même dévotion respectueuse qu'au temps de l'innocence, quand il rêvait de voir imprimé un de ses poèmes. Cette attitude à la fois condescendante et forcée, bien qu'assumée comme une chose naturelle, était ce qu'Álvaro supportait le moins car il s'obstinait à considérer son ancien condisciple comme un hypocrite opportuniste et prétentieux qui n'avait pas le courage de regarder en face la déchirante quotidienneté de la vie où lui, Álvaro, puisait la matière de sa poésie agressive. Fernando savait bien que cette rivalité humaine et esthétique, exacerbée par les années, faisait partie de la tradition poétique d'une île où le succès des autres éveillait toujours l'amertume et la suspicion dont il importait peu qu'elles soient fondées ou pas.

À la droite de Fernando, buvant tout le rhum que pouvait accepter son estomac sans fond, se trouvait Tomás, peut-être celui d'entre eux qui avait le moins changé : quand l'ouragan déchaîné par Enrique avait balayé Fernando de la faculté des lettres, Tomás s'en était sorti indemne. Il avait conservé son poste de professeur, bien que durant ces vingt années, sa carrière ne soit pas devenue ce qu'elle promettait d'être : il y avait trop longtemps qu'il avait renoncé, abandonnant les romans qu'un jour il avait pensé écrire mais qu'il continuait à annoncer ou même à raconter. Il n'avait pas publié non plus les essais que son intelligence lui réclamait pourtant. Sa vie avait été submergée par la routine d'une lutte incessante pour assurer sa tranquillité et glaner de petits privilèges ; cuirassé dans sa philosophie pragmatique née dans la rue, il avait résisté à tous les ouragans, s'était adapté à son travail, avait hérité de certains des lits abandonnés par Fernando, tout en restant fidèle à son habitude de faire des haltères et de courir : il était celui du groupe qui exhibait la meilleure forme physique, avec son estomac plat, ses bras noueux et sa chevelure noire où l'on pouvait compter de rares cheveux blancs. Fernando se souvenait que Tomás avait toujours été le cynique du groupe, le caméléon parfait, c'est pourquoi il le considérait comme celui qui avait le plus de chances d'être son délateur. Cependant, il n'avait aucune preuve pour justifier ses soupçons qui s'écrasaient toujours contre le mur du parfait sens de l'honneur qui collait à la peau de son ami tel un tatouage, comme la première leçon apprise dans les rues du quartier chaud de La Havane où il était né.

Le cas le plus intéressant était peut-être celui de Conrado, car tout en étant toujours le même – l'éternel paysan roublard –, il avait cessé d'être Conrado : Fernando l'observait et croyait le reconnaître, mais soudain l'image du souvenir s'effaçait devant l'évidence d'une réalité de presque cent kilos qui avaient doublé les proportions de l'éternelle tête de veau du Guajiro. Il restait bien peu de choses de l'émerveillement victorieux du paysan malingre de Placetas qui avait abandonné les odeurs de la terre pour les vapeurs de l'asphalte, poussé par le désir de sortir de la boue et de la misère dans lesquelles avaient vécu ses grands-parents canariens et ses parents cubains, décidé depuis toujours à devenir Quelqu'un dans la Vie, comme il disait. Conrado avait sans aucun doute exploité au maximum son ambition et sa capacité innée à se transformer. Il avait su saisir sa chance et en tirer parti au point de réaliser ses rêves d'ascension sociale. Après avoir été le premier universitaire de sa famille misérable, il avait mis toute son ardeur à gravir tous les échelons, jusqu'au sommet, au point d'en arriver à être un peu plus que Quelqu'un dans la Vie, au moins dans le domaine le plus visible : une maison à Miramar, une voiture japonaise climatisée, une montre suisse en or, une femme et deux maîtresses, des vêtements élégamment décontractés et l'odeur entêtante de parfums tenaces renforçaient l'évidence de ses succès. De tous ses anciens compagnons, il était le seul que Fernando avait revu durant les longues années d'exil. À peine deux ans auparavant, de passage à Madrid, le Guajiro lui avait fait la surprise d'un coup de fil. La cuite avait été mémorable et Conrado avait semblé heureux de récupérer son ami. Ce n'est qu'au petit matin, en buvant les derniers verres, qu'il avait laissé échapper qu'il était en Espagne pour la énième fois. Fernando avait alors compris que quelque chose devait avoir changé chez Conrado ou dans sa vie pour que le Guajiro, si calculateur, ose sortir dans la rue avec un vieux copain exilé qu'il n'avait plus jamais appelé. Finalement Fernando avait essayé d'oublier le lapsus ainsi que d'autres vieilles rancœurs, pour ne garder que les heures de conversation pendant lesquelles Conrado l'avait mis au courant des péripéties de la vie des autres Merles Moqueurs. Il l'avait aussi entendu reconnaître qu'il ne s'était jamais cru capable de devenir écrivain : le Guajiro savait que la sensibilité, la sincérité et le goût du risque lui faisaient défaut et les poèmes de ses vingt ans n'avaient guère été qu'une manœuvre ingénieuse, mais tout à fait grossière, pour assurer son appartenance à ce groupe d'obstinés qui vivaient convaincus de pouvoir changer, à eux seuls, le destin littéraire du pays.

Assis à la droite d'Álvaro se trouvait Miguel Ángel ; sans le vouloir, Fernando l'avait laissé pour le dessert parce qu'il était le personnage le plus troublant. Dans son souvenir, El Negro était une présence longue, permanente, qui l'avait accompagné depuis les jours bienheureux de la huitième, quand sa famille était arrivée dans le quartier de Fernando, où elle avait occupé la maison des propriétaires de la quincaillerie La Moderna qui avaient choisi l'exil. Ce petit noir costaud, plus grand que le reste de ses compagnons, s'était efforcé, dès le début, d'être le chef des pionniers et l'élève le plus remarqué du groupe ; Fernando l'avait toujours considéré comme une espèce de garde rouge, armé d'opinions politiques irréfutables, aussi définitives que la carte de militant qu'il devait obtenir quelques années plus tard. Ces convictions politiques, héritées de parents communistes et syndicalistes qui avaient été emprisonnés, persécutés et même torturés sous la dictature de Batista, faisaient partie intégrante de son quotidien, mais – miraculeusement, selon Arcadio –, elles n'avaient jamais envahi les textes que, dès son plus jeune âge, il s'était imposé d'écrire. Les nouvelles candides de ses années d'étudiant tout comme ses deux romans publiés étaient dénués d'intentions politiques visibles et souvent ils distillaient la magie de la grande littérature, même quand leur portée n'était pas celle que l'on aurait pu espérer, peut-être à cause du manque de métier qui ne vient qu'après de nombreuses feuilles mises au panier : pour Fernando, les deux romans d'El Negro constituaient les étapes d'un apprentissage capable de le conduire aux frontières de la grande littérature. Mais c'est alors que la muraille idéologique monolithique de Miguel Angel, cimentée par la ferveur stalinienne de ses parents et la dignité combative avec laquelle il assumait la couleur de sa peau, s'était fendue en deux et toute sa foi avait été emportée par les flots d'une désillusion galopante qui, chez un type comme lui, ne pouvait être que militante. Après avoir été accusé de "perestroiko" et de révisionniste, sa mise à la porte de la revue où il travaillait avait été le premier coup de semonce de ses anciens camarades, qui dès lors s'étaient mis à le considérer comme un ennemi potentiel et le jugèrent comme tel, surtout en apprenant la publication à l'étranger de quelques articles qui remettaient en question son attitude antérieure de croyant invétéré. Tandis qu'il s'en prenait à lui-même, le renégat avait continué à écrire. Comme par le passé, il avait réussi à éviter que ses convictions politiques envahissent le jardin secret de la création littéraire. Quelques mois plus tôt, Fernando avait reçu ce que El Negro considérait comme le brouillon de son troisième roman, et il avait lu d'une traite une histoire qui se passait au XIXe siècle ; il s'agissait de gens ordinaires qui se rencontraient et se perdaient, emportés par les courants de l'histoire, dans une intrigue qui permettait une lecture oblique du présent cubain, auquel, pourtant, il n'était fait aucune référence directe. Mais Fernando avait surtout trouvé dans ce texte, à la fois amer et plein d'espoir, où s'exprimait le traumatisme historique d'une race condamnée à l'esclavage et à la discrimination, le souffle d'une œuvre décisive, parée de la grande vertu qu'il avait toujours attendue de la littérature : la capacité d'émouvoir avec beauté et passion.

La possibilité de passer en revue, d'un seul coup, de façon sommaire, l'accumulation de fidélités, de trahisons, de changements et de conséquences qui forgent la vie des gens, provoqua chez Fernando une amère sensation de malaise et d'inquiétude : bâtir le passé sur le présent était un exercice presque sournois, capable de révéler les évidences gênantes des castrations et des renoncements impossibles à imaginer à l'époque où le présent était encore le futur, quand le passé était tellement limité qu'on pouvait le résumer en deux mots, un quelconque héritage lié à l'environnement ou à la génétique et à quelques attitudes assumées. Mais putain, pourquoi je fais ça ? Pourquoi est-ce que je ne suis pas capable de prendre plaisir à cette réunion, de rire un peu et d'oublier définitivement toute cette merde ? Il continua à se le demander en versant dans son verre le reste d'une bouteille de vin et en regardant les flammes des deux bougies où palpitaient les mémoires suspendues dans le temps de Víctor et de Enrique, le héros et le martyr, les deux pieds qui manquaient à cette table apparemment irrécupérable, construite sur l'amitié et sur leur foi innocente et juvénile en la littérature et en la vie. La mort de Víctor, victime d'une mine antichar placée sur une des routes du sud de l'Angola, avait été pour Fernando le malheur le plus dur à assimiler dans l'incertitude de son exil encore tout récent. Pour tous, Víctor était le meilleur des Merles Moqueurs : personne ne doutait de la bonté fondamentale de ce mulâtre grand et bien bâti, beau et sain, qui s'était emparé de la première place de leur promotion et de Delfina, la femme dont tous avaient rêvé et que Fernando aimait peut-être encore, malgré vingt ans passés sans la revoir... Il avait commencé à se lier d'amitié avec Víctor au collège, quand ils s'étaient retrouvés dans la même classe et dans la même équipe de base-ball. Avec les années, Fernando avait découvert qu'il avait souvent envié cet ami, car tandis que lui-même s'imposait des buts, les ambitions de Víctor étaient paisibles et simples : jouer au base-ball en le prenant seulement comme un jeu, écrire s'il pouvait écrire, aimer pour toujours la même femme, lire les livres qui lui plaisaient ou boire sans précipitation la bouteille de rhum que l'un de ses amis ouvrait devant lui. Jamais il n'avait donné l'impression de jalouser quelqu'un, d'en avoir peur ou de le détester. À la fin de ses études, le sort avait voulu que Víctor aille travailler comme assistant à l'Institut du cinéma où, grâce à ses efforts, il ne tarda pas à devenir metteur en scène de courts métrages. À l'époque où on l'avait envoyé en Angola comme correspondant de guerre, Víctor écrivait avec Miguel Ángel ce qu'il espérait être le scénario de son premier long métrage, et il était parti au front comme il serait parti au bout du monde ou au stade de La Havane pour assister à un match de base-ball : calme et sans peur. Quand ses trente-deux ans avaient été mis en pièces, ceux qui l'aimaient étaient restés avec la sensation d'une perte irréparable et une terrible question : jusqu'où aurait pu arriver cet homme qui irradiait la tendresse, la sensibilité et le talent ?

C'est alors que la bougie de Enrique commença à vaciller, décidée à attirer l'attention de Fernando et à l'obliger à se demander une fois de plus : son heure était-elle arrivée ou c'est moi qui ai tué Enrique ?... Enrique et son souvenir le blessaient comme une obsession, et Fernando dut admettre que bien des années après sa mort, il semblait toujours vouloir être le centre d'intérêt, l'acteur principal, une présence toujours remarquée. Tout dans sa vie, y compris le dénouement de sa mort prématurée, avait été théâtral. Fernando était convaincu que Enrique avait atteint le summum de l'excentricité, un soir, à la fin de leur première année de faculté et après le début des réunions chez Álvaro, quand il avait demandé d'ajouter "une question à l'ordre du jour". Il avait alors dit à ses amis, pour que tout soit bien clair, limpide et en ordre, que si l'un d'entre eux le soupçonnait d'être pédé, eh bien, il était tombé juste : parce qu'il était vraiment pédé, depuis l'âge de douze ans, quand son professeur d'éducation physique de cinquième, un beau mulâtre svelte et bien monté, comme un typique beau mulâtre, l'avait enculé dans le gymnase de l'école, bien entendu sans utiliser la violence ou l'intimidation : Enrique était attiré par le professeur mulâtre et le professeur adorait s'envoyer Enrique. Et s'il cachait ses préférences sexuelles depuis toujours, c'était uniquement parce qu'à Cuba, c'était déjà difficile de vivre en étant soupçonné d'être pédé mais c'était encore pire si on l'avouait ; c'était aussi pour pouvoir étudier sans complications à l'université car, comme ils le savaient tous, les purges d'homosexuels à la faculté des lettres étaient dévastatrices et cycliques. La stupeur de ses amis avait été digne d'une anthologie de l'étonnement : à Cuba personne – ou presque – n'admettait son homosexualité, et encore moins d'une façon aussi directe, à la fois dépourvue de traumatisme et de romantisme. La révélation avait été si brutale que tous avaient continué d'accepter Enrique, peut-être d'une façon plus franche, définitivement débarrassés de leurs doutes sur les goûts sexuels de leur copain, capables de ternir l'amitié d'un brin de méfiance. Dès lors, il avait commencé à leur raconter ses aventures amoureuses et les autres, mi-gênés, mi-amusés, éprouvaient un certain plaisir à écouter les péripéties de ses aventures avec les partenaires qu'il draguait dans les rues ou en apprenant l'homosexualité cachée de personnalités connues du monde des arts, de la politique, de la télévision, qui en réalité étaient des tapettes alanguies, comme ce mulâtre de la télé, avec ses moustaches et sa voix trop grave, ou le terrible secrétaire des Jeunesses communistes de la faculté que, dès lors, ils avaient baptisé "le petit oiseau de la Jeunesse". Comme il fallait s'y attendre, les préférences littéraires de Enrique s'étaient portées sur le théâtre et pendant toutes leurs études il avait écrit des pièces, montées par la troupe de la Faculté dont il faisait également partie comme acteur : parce qu'il avait un don magique pour le spectacle, un réel sens du rythme et une facilité à dramatiser la vie. Il avait été le premier à remporter un prix important qui incluait l'édition du livre, malheureusement le seul qu'il ait jamais publié car après avoir fait un an et demi de prison pour avoir tenté de quitter illégalement le pays, son existence avait semblé être celle d'un autre, définitivement différent de celui qu'ils avaient connu.

Moins d'un an plus tard, en traversant le Malecón, Enrique était mort, déchiqueté par un camion, sans que l'on sache jamais si une distraction fatale ou une intention préméditée l'avait poussé, cette nuit de 1979, contre la masse d'acier du KP3 soviétique.

Une brise imperceptible, à laquelle la bougie de Víctor resta insensible, s'obstina à éteindre celle de Enrique. Une silhouette de fumée s'éleva de la mèche et dansa quelques secondes, avant d'être dévorée par la nuit.

*Fragment 2**

– Finalement, on a combien de bouteilles ?

– J'en ai apporté une, dit Miguel Ángel.

– Moi aussi, dit Conrado.

– Moi, une demie. Non, un petit peu plus, rectifia Fernando.

Au fur et à mesure qu'il écoutait les quantités d'alcool disponibles, Álvaro levait les doigts puis il maintint sa main en l'air, deux doigts levés et l'index de l'autre main croisé sur eux.

– Deux et demie, dit-il, visiblement déçu.

– J'ai pas un rond, dit Víctor.

– Moi, c'est même pas la peine de me le demander… ajouta Tomás.

– Moi j'avais prévenu que je n'apportais plus de rhum, dit Enrique.

– Moi aussi je suis fauché, dit Arcadio. Hier je suis sorti avec une petite nana…

– Arrête ton cinéma, coupa Álvaro, agacé. Avec ma demi-bouteille, ça fait trois litrons. C'est pas mal, non ? Et comme maintenant notre petit Enrique ne boit plus…

Les bouteilles furent disposées sur un petit banc de bois, sur lequel se trouvaient aussi le plateau avec les verres, une carafe avec de la glace et plusieurs citrons coupés en deux. En guise de nappe, ils utilisèrent le journal de ce soir-là : 23 octobre 1974.

– La Cirrhose de la littérature cubaine, c'est comme ça qu'on va t'appeler ! dit Enrique en observant Álvaro qui

* *Op. cit.*, pages 180 à 186.

servait le rhum dans les verres et les tendait à ses amis. Certains ajoutaient de la glace, d'autres du citron.

– Et regardez-moi ça comme il fait le service... !

– Écoute, sœur Juana, va te faire foutre ! riposta Álvaro et tous éclatèrent de rire, même Enrique. Dis donc, tu vas nous le lire ou pas, ce morceau de ta *Tragi-comédie* ?

– Non, pas encore. Enrique se tortilla comme s'il était mal à l'aise dans son fauteuil. Tant que je n'ai pas terminé, je ne lis rien. Je vous ai déjà prévenus, non ?

– Écoute, Enrique, tâche que ce machin soit bon, parce que ça fait au moins un an que tu nous bassines avec ça, et tu ne l'as pas encore fini.

Miguel Ángel se remit à fumer après avoir dégusté une gorgée de rhum.

– J'en sais rien, peut-être bien que c'est une merde... dit Enrique sans réussir à s'asseoir commodément.

– Tu sais ce que j'en pense, Enrique ? demanda Arcadio. Que tu ferais mieux d'oublier cette *Tragi-comédie* et d'écrire autre chose. Si ça coince tellement c'est qu'il y a une raison...

– Ça coince parce que je veux dire beaucoup de choses et parce qu'il y en a que je ne sais pas comment dire et d'autres dont je ne sais pas si je peux les dire.

– Celles qu'on ne sait pas comment dire sont les plus vaches, intervint Víctor qui n'avait pas encore goûté au rhum : tandis que les autres buvaient comme des dingues, lui, il passait toute la nuit avec un ou deux verres, et il les savourait à petites gorgées. Les autres, dis-les. Il sera toujours temps de sortir les ciseaux, alors ne commence pas à te censurer toi-même.

– Je ne sais pas quel délire vous pousse à vous fourrer dans les embrouilles ? demanda Conrado tout en mettant de la glace dans son verre.

– Je crois que c'est vrai ce que dit ce paysan roublard. Tomás avait déjà bu son premier verre et il soutenait le verre vide retourné dans sa main. Moi je n'aime pas écrire pour écrire. Si j'ai une idée qui peut être risquée, je la note quelque part mais je ne me lance pas à l'écrire. Parce que finalement…

– Quelle bonne idée ! dit Álvaro, comme ça tu ne cherches pas les emmerdes, même pas avec toi-même.

– Tu sais ce que je vais faire dans le roman que je veux écrire ? reprit Tomás. Je vais oublier la politique, tout ce qui sent la politique. Parce que ce qui fout en l'air la littérature cubaine, c'est le délire de la politique.

– Ne fais pas l'âne, mon vieux, trancha Miguel Angel, la cigarette aux lèvres. Tout est politique. Bien sûr qu'on peut écrire sur la politique, mais ce qu'on ne peut pas faire, c'est qu'elle passe avant tout.

– Moi j'en ai rien à branler de la politique, dit Fernando. J'écris de la poésie et je m'intéresse aux gens, s'ils souffrent ou s'ils sont amoureux, s'ils ont peur de mourir ou s'ils aiment la mer.

– Et ça, c'est pas une position politique ? demanda Miguel Ángel.

– Écoute, El Negro (Tomás se resservit du rhum), ton problème c'est que tu bois de l'antiseptique rouge au petit-déjeuner et de la betterave au mercurochrome au goûter. Tu es de plus en plus rouge.

– Mais putain, Tomás, tu sais très bien que c'est vrai ce que je dis. Maintenant, que certains écrivains profitent de la politique pour faire carrière, ça c'est un autre problème.

– Non, c'est ça le problème, oui c'est ça, insista Álvaro et il en posa même son verre par terre : y a un tas d'opportunistes qui se font bien voir grâce à ce qu'ils écrivent…

– Écoute, Varo, t'as déjà oublié tous les gens qui ont été mis hors circuit à cause de ce qu'ils ont écrit et même de ce qu'ils n'ont pas écrit ? demanda Conrado.

– Non, je n'ai pas oublié, bien sûr que je n'oublie pas.

– Tu crois que les choses sont faciles, remarqua Arcadio. Mais si un beau jour t'es renvoyé de ton boulot, si on ne te publie plus rien, si tu ne voyages plus…

– Si c'est à cause de ce que j'ai écrit, si je crois en ce que j'ai écrit et si j'ai été sincère en l'écrivant, eh bien je vais me faire foutre en silence, affirma Álvaro. Mais je ne baisse pas la tête pour pouvoir de nouveau voyager, publier, être en vue…

– Fais ton petit malin… murmura Tomás.

– Et si tu changes vraiment de façon de penser ? Si vraiment tu es convaincu que ce que tu écrivais était nocif et que tu n'aurais jamais dû l'écrire ? insista Arcadio.

– Eh bien alors, c'est que t'étais un connard et que tu vas continuer à l'être, trancha Álvaro.

– Conclusion : le mieux c'est de ne pas aller au-devant des emmerdements, comme disait mon grand-père, proposa Tomás.

– Mais si nous n'y allons pas, nous sommes complètement foutus, protesta Enrique. La littérature a quelque chose à voir avec la réalité, et la réalité c'est pas le paradis. La littérature, c'est aussi la mémoire d'un pays et sans mémoire…

– Alors tu crois que l'écrivain est la conscience critique de la société ? demanda sérieusement Miguel Ángel.

– Écoute, fous-toi le manuel de marxisme au cul, cria presque Enrique. L'écrivain est souvent un type très paumé, bourré d'angoisses, qui vit dans un pays et écrit sur ce qui s'y passe ou ne s'y passe pas. Et si c'est vraiment un écrivain, il essaie d'être sincère envers lui-même, même s'il écrit sur les Martiens.

– Mais enfin, tout le monde écrit seulement sur les événements heureux, et personne ne met le doigt dans la plaie… commença Víctor.

– La littérature c'est de la merde, dit Arcadio en lui coupant la parole.

– Et sur quoi il faut écrire pour faire de la bonne littérature, dit Conrado, entrant dans l'arène. Voyons un peu, vous qui êtes si forts, sur quoi il faut écrire ?

– J'en sais rien, mais je sais parfaitement ce que moi je veux écrire… répondit Fernando : sur les gens, sur l'espoir et le désespoir…

– Ça s'appelle de la littérature intimiste… ou c'est de l'individualisme ? hésita Tomás.

– C'est très simple, Fernando, affirma Miguel Ángel. Je crois qu'il faut écrire sur ce qu'on ressent et sur ce à quoi on croit.

– Et si on croit aux miliciens, aux coupeurs de canne et aux alphabétiseurs… ? attaqua Conrado.

– Eh bien, écris sur ça, dit Enrique, pas par opportunisme mais parce que tu y crois. Ce qui est bizarre c'est que pour l'instant personne n'écrit sur un coupeur de canne ou un milicien pédé. Parce qu'il doit bien y avoir des miliciens pédés… d'ailleurs j'en connais quelques-uns.

– Je savais bien que t'allais en arriver là, protesta Arcadio. Si on n'écrit pas sur les homos, on est pas écrivain. Dis-moi un peu, ta *Tragi-comédie* ça serait pas par hasard une histoire de pédés ?

– Peut-être, dit Enrique. Ce n'est pas un mauvais sujet, pas vrai ? Être pédé dans ce pays n'a jamais été facile.

– Et c'est quoi ce que tu n'oses pas dire ? demanda Víctor.

– Écoute, mon vieux, ne me cuisine pas, je ne vais pas en lâcher une, et Enrique sourit.

– Merde alors, vous vous êtes déjà envoyé deux bouteilles, s'exclama Tomás. Vous buvez plus que…

– Moi, au fond, ce que j'aimerais c'est écrire un roman sur le XIXe siècle, dit Miguel Ángel. Parce qu'il me semble que le recul permet à l'écrivain d'être plus libre, je ne sais pas, il est moins conditionné par la réalité et il peut…

– On passe de l'intimisme à l'échappatoirisme ! laissa tomber Enrique.

– Non, tu sais bien que non, se défendit Miguel Angel. Ce qui n'a pas de sens, c'est d'écrire sur le XIXe comme un écrivain du XIXe. Il faut voir l'histoire depuis notre perspective.

– Et comme ça tu ne t'autocensures pas ? demanda Víctor.

– Allez ! Remets-nous ça avec la censure ! grommela Conrado.

– C'est qu'il faut toujours qu'elle pointe son nez, reconnut Álvaro tout en caressant une tête de mort imaginaire. Je m'autocensure ou on me censure, telle est la question.

– Mais je ne veux pas écrire sur le XIXe siècle à cause de la censure ou de l'autocensure, c'est justement le contraire. Vous imaginez toutes les choses que les écrivains du XIXe se sont autocensurés ? Sur la politique, le sexe, la religion. Sur le racisme…

– Putain, El Negro, bien sûr que tu cherches à t'échapper, intervint Fernando. Pose-toi la question comme ça : sur combien de choses comme la politique, le sexe, la religion, le racisme et je ne sais plus ce que tu as ajouté, les écrivains d'aujourd'hui s'autocensurent ?

– Là ça me plaît, lâcha Álvaro : nous écrivons sur le XIXe et nous laissons ce qui se passe maintenant pour les Merles Moqueurs de 2074 et eux ils laissent leurs problèmes à ceux de 2174 et comme ça tout le monde vit en paix et écrit ses romans sans s'autocensurer…

– Ceux de maintenant voyagent à l'étranger, ceux de 2074 vont sur la lune et les suivants sur Pluton.

– C'est vrai qu'on dit que le salon du livre de Pluton est le meilleur de la galaxie, lâcha Arcadio et cela les fit tous rire, sauf Álvaro.

– Si vous le prenez comme ça, vous avez raison, admit Miguel Ángel, mais le XIXe m'intéresse parce que j'aime cette époque-là… Être noir à Cuba, cela a été plus difficile que d'être homo.

– Toi, tu aurais été esclave, comme Manzano, et Del Monte ne t'aurait pas sauvé, alors tiens-toi tranquille, l'arrêta Conrado.

– Il reste moins d'une bouteille, avertit Tomás, inquiet.

– Sers-m'en un petit peu avant qu'elle soit finie, demanda Víctor.

– Et qu'est-ce que tu écris, en ce moment, El Negro ? voulut savoir Fernando.

– Une nouvelle. Sur un noir qui actuellement se sent discriminé.

– Aïe ! Comme tu y vas ! s'exclama Arcadio. Et ça se mange comment ça ?

– Je l'ai commencée hier. Je la lirai peut-être la semaine prochaine. Je ne sais pas encore très bien dans quel sens ça va partir mais je sais ce que c'est qu'être noir. Bon, ça se voit !

– Dis-moi ce que tu écris et je te dirai qui tu es, se lança Enrique. Le pauvre noir est nord-américain et il est dévoré par ces salauds de racistes, aux États-Unis.

– Et le noir est pédé ? demanda Arcadio, désignant Enrique avec un mouvement des lèvres.

– Tu sais quoi, Arcadio ? Enrique semblait exaspéré. Tu es tellement obsédé par les pédés que ça ne m'étonnerait pas de te voir un jour baisé par un type, que dis-je, par un noir.

– Arrêtez, arrêtez avec ça, intervint Víctor. Dis-moi, Fernando, et le poème que tu devais nous lire aujourd'hui ?

– Tel qu'il est, il ne me plaît pas encore, se justifia Fernando. Entre les réunions et le travail pour mes cours sur Heredia, je n'ai presque pas pu écrire… Ici, le seul qui n'arrête pas, c'est Enrique.

– Parce que les écrivains écrivent, dit Enrique.

– Alors tu es écrivain ? lui demanda Conrado.

– Moi oui, et toi ?

– Apprenti…

– Moi, je ne sais plus si je veux écrire, ni même ce que je vais écrire, putain… intervint Álvaro. Quand j'aurai fini mes études, je vais travailler comme barman.

– Comme batman ? lâcha Tomás.

– Vous savez, intervint Fernando, en pensant à tout ce dont nous parlons, j'ai soudain eu l'idée que j'adorerais regarder l'avenir par un petit trou, je ne sais pas, pour voir, dans vingt-cinq ans, ce que chacun de nous aura fait, ce que chacun de nous sera devenu…

– Je ne sais pas pourquoi mais j'ai l'impression que tu vas voir des choses très moches… murmura Enrique.

– Peut-être pas, dit Fernando et il promena son regard sur ses amis. Ne sois pas pessimiste, Enrique.

– Moi je crois qu'il faut écrire, maintenant et dans vingt ans. Et vous savez pourquoi ?

Miguel Angel fit une longue pause.

– Pourquoi, El Negro ?

Ce fut finalement Víctor qui posa la question.

– Parce que c'est seulement en écrivant que l'on peut savoir ce que l'on veut écrire, jusqu'où on peut aller, si on veut faire de la politique ou pas avec la littérature, si on est un bon écrivain ou un minable, si on s'autocensure ou si quelqu'un nous censure après. Et on peut avoir des doutes, ne pas savoir comment dire quelque chose, comme cela arrive à Enrique en ce moment. Mais comme Enrique est écrivain, il va continuer à écrire, et ça, c'est le mieux que l'on puisse faire.

– Je suis d'accord sur ça, dit Víctor.

– Si seulement je savais, dit Conrado.

– Et moi… dit Tomás. Merde, y a plus de rhum !

Bonjour, nous vous remercions d'avoir acheté ce livre et nous aimerions pouvoir vous connaître mieux, lire vos commentaires sur nos publications, vous informer de nos nouveautés, vous offrir la primeur des premiers chapitres de nos textes à paraître, vous prévenir quand nous organisons une rencontre près de chez vous. Pour ce faire il vous suffit de nous envoyer votre mail et la ville dans laquelle vous habitez à : **redaction@metailie.fr**.

Rappelons aussi qu'en scannant le QR code ci-dessous ou en entrant **metailie.premierchapitre.fr** dans la barre d'adresse de votre navigateur (sur ordinateur, tablette ou smartphone), vous accédez directement aux derniers extraits de nos nouveautés à paraître. Gardez cette adresse dans vos favoris ou sur l'écran d'accueil de votre smartphone et vous serez constamment à la page !

Bibliographie de Leonardo PADURA
CHEZ LE MÊME ÉDITEUR

Mort d'un Chinois à La Havane, 2001

Le Palmier et l'Étoile, 2003

Adios Hemingway, 2005

Les Brumes du passé, 2006
Prix Brigada 21 du meilleur roman noir 2006

L'Homme qui aimait les chiens, 2011
Prix Roger Caillois 2011
Prix des Libraires Initiales 2011
Prix Carbet de la Caraïbe 2011
Élu Meilleur Roman historique 2011
par le magazine *Lire*

Hérétiques, 2014
Prix international du roman historique
de Saragosse 2014

Ce qui désirait arriver, 2016

La Transparence du temps, 2019

Cycle "Les Quatre Saisons"
1. *Passé parfait*, 2001
Prix des Amériques insulaires 2002
2. *Vents de carême*, 2004
3. *Électre à La Havane*, 1998
Prix Café Gijón 1995
Prix Hammett 1997
4. *L'Automne à Cuba*, 2000
Prix Hammett 1998
Prix du Livre insulaire de Ouessant 2000

BIBLIOTHÈQUE HISPANO-AMÉRICAINE

Histoires d'amour d'Amérique latine
Présentées par Claude Couffon

Selva ALMADA
Après l'orage
Les Jeunes Mortes
Sous la grande roue

Eugenia ALMEIDA
L'Autobus
La Pièce du fond
L'Échange

Federico ANDAHAZI
La Villa des mystères

José María ARGUEDAS
Yawar fiesta
El Sexto

Jaime AVILÈS
La Nymphe et le sous-commandant

J. BLANC, J. HOCQUENGHEM, Y. LE BOT et R. SOLIS
La Fragile Armada (La marche des zapatistes)

Piedad BONNETT
Ce qui n'a pas de nom

Alfredo BRYCE-ECHENIQUE
Le Petit Verre de ces dames
Ne m'attendez pas en avril
Noctambulisme aggravé
L'Amygdalite de Tarzan
Guide triste de Paris
Le Verger de mon aimée
Une infinie tristesse

Pablo CASACUBERTA
Scipion
Ici et maintenant
Une santé de fer

Horacio CASTELLANOS MOYA
La Servante et le Catcheur
Le Rêve du retour
Moronga
La Mémoire tyrannique

Ana CLAVEL
Les violettes sont les fleurs du désir

Mario DELGADO APARAÍN
La Ballade de Johnny Sosa
Une histoire de l'humanité
Les Pires Contes des frères Grim (avec L. Sépúlveda)

Pablo DE SANTIS
Le Théâtre de la mémoire
La Traduction
Le Calligraphe de Voltaire
Le Cercle des douze
La Soif primordiale
Crimes et jardins
La Fille du cryptographe

Jesús DÍAZ
Les Paroles perdues
La Peau et le masque
Parle-moi un peu de Cuba
Les Initiales de la terre

Ramón DÍAZ-ETEROVIC
Les Sept Fils de Simenon
La mort se lève tôt
Les Yeux du cœur

La Couleur de la peau
L'Obscure Mémoire des armes
Le Deuxième Vœu
Negra soledad

Alicia DUJOVNE-ORTIZ
L'Étoile rouge et le poète

Mauricio ELECTORAT
Sartre et la Citroneta

Jorge FRANCO
Melodrama
Le Monde extérieur
Le Ciel à bout portant

Santiago GAMBOA
Perdre est une question de méthode
Les Captifs du Lys blanc
Esteban le héros
Le Syndrome d'Ulysse
Nécropolis 1209
Prières nocturnes
Retourner dans l'obscure vallée
Des hommes en noir

Mempo GIARDINELLI
Fin de roman en Patagonie

Javier GONZALEZ RUBIO
T'aimer fut mon châtiment

Sylvia IPARRAGUIRRE
La Terre de Feu

Alejandro JODOROWSKY
L'Arbre du Dieu pendu
L'Enfant du Jeudi noir

Miguel LITTÍN
Le Voyageur byzantin
Le Bandit aux yeux transparents

Óscar et Juan José MARTÍNEZ
El niño de Hollywood

Federico MASTROGIOVANNI
Ni vivants ni morts

Juan Carlos MÉNDEZ GUÉDEZ
Les Valises

Élmer MENDOZA
L'Épreuve de l'acide

Daniel MORDZINSKI
Cronopios

Elsa OSORIO
Luz ou le temps sauvage
Tango
Sept nuits d'insomnie
La Capitana
Double fond

Leonardo PADURA
Électre à La Havane
L'Automne à Cuba
Passé parfait
Le Palmier et l'Étoile
Vents de carême
Les Brumes du passé
L'homme qui aimait les chiens
Hérétiques
Ce qui désirait arriver
La Transparence du temps

Ángel PARRA
Mains sur la nuque
Bienvenue au paradis

Alfredo Pita
Le Chasseur absent
Ayacucho

Alicia Plante
Les Eaux troubles du Tigre

Horacio Quiroga
Contes d'amour de folie et de mort
Anaconda
Les Exilés
Au-delà
Le Désert

Sergio Ramírez
Il pleut sur Managua
Retour à Managua

Pablo Ramos
L'Origine de la tristesse
Encore cinq minutes María

Santiago Roncagliolo
La Peine capitale

Evelio Rosero
Les Armées
Le Carnaval des innocents
Juliana les regarde

Hernán Rivera Letelier
La reine Isabel chantait des chansons d'amour
Le Soulier rouge de Rosita Quintana
Mirage d'amour avec fanfare
Les trains vont au purgatoire
Les Fleurs noires de Santa María
Le Virtuose
Malarrosa

Daniel SALDAÑA PARIS
Parmi d'étranges victimes

Carlos SAMPAYO
L'année où le lion s'est échappé

Canek SÁNCHEZ GUEVARA
33 révolutions

Antonio SARABIA
Le Ciel à belles dents
Les Invités du Volcan
La Femme de tes rêves

Luis SEPÚLVEDA
Histoire d'une mouette et du chat qui lui apprit à voler
Journal d'un tueur sentimental
Le Monde du bout du monde
Le Neveu d'Amérique
Les Roses d'Atacama
Rendez-vous d'amour dans un pays en guerre
Un nom de torero
Le vieux qui lisait des romans d'amour
La Folie de Pinochet
Les Pires Contes des frères Grim (avec M. Delgado Aparaín)
La Lampe d'Aladino et autres histoires pour vaincre l'oubli
L'ombre de ce que nous avons été
Histoires d'ici et d'ailleurs
Dernières nouvelles du Sud (avec D. Mordzinski)
Histoire du chat et de la souris qui devinrent amis
Ingrédients pour une vie de passions formidables
Histoire d'un escargot qui découvrit l'importance de la lenteur
L'Ouzbek muet et autres histoires clandestines
Deux idées de bonheur (avec C. Petrini)
Histoire d'un chien mapuche
La Fin de l'histoire
Histoire d'une baleine blanche

Enrique SERNA
Quand je serai roi
Coup de sang
La Double Vie de Jesús

Karla SUÁREZ
Tropique des silences
La Voyageuse
La Havane année zéro
Le Fils du héros

Paco Ignacio TAIBO II
Le Rendez-vous des héros
De passage
L'année où nous n'étions nulle part
Archanges
Ces foutus tropiques
Le Retour des Tigres de Malaisie

Amir VALLE
La Havane-Babylone

Cet ouvrage a été composé par FACOMPO
à Lisieux (Calvados)

CET OUVRAGE
A ÉTÉ ACHEVÉ D'IMPRIMER
SUR ROTO-PAGE
PAR L'IMPRIMERIE FLOCH
À MAYENNE EN JANVIER 2020

N° d'édition : 1627001 – N° d'impression : 95722
Dépôt légal : mars 2020

Imprimé en France